傍晚在故乡的河边散步，
凝望到天边绚丽的晚霞，
映照在粼粼的波涛中，
耳边似乎回荡着费翔的歌声：
天边飘过故乡的云，
它不停地向我召唤……
归来吧，归来哟，浪迹天涯的游子
归来吧，归来哟，别再四处漂泊……

虚虚复空空,瞬息天地中。
薄彩临溪散,轻阴带雨浓。
有形不累物,无迹去随风。
瑞云千里映,祥雾四时同。

郑耀频 著

浏河情思

LIUHE QINGSI

一部献给故乡母亲河的文学力作

北方文艺出版社

·哈尔滨·

图书在版编目(CIP)数据

浏河情思 / 郑耀频著. —— 哈尔滨：北方文艺出版
社，2022.1
ISBN 978-7-5317-5098-7

Ⅰ.①浏… Ⅱ.①郑… Ⅲ.①长篇小说–中国–当代
Ⅳ.①I247.5

中国版本图书馆 CIP 数据核字(2021)第 240092 号

浏河情思
LIUHE QINGSI

作　者 / 郑耀频
责任编辑 / 张贺然　　　　　　　　封面设计 / 潇湘悦读

出版发行 / 北方文艺出版社　　　　邮　编 / 150008
发行电话 / (0451)86825533　　　　经　销 / 新华书店
地　址 / 哈尔滨市南岗区宣庆小区 1 号楼　网　址 / www.bfwy.com

印　刷 / 长沙市精宏印务有限公司　　开　本 / 880mm×1230mm　1/16
字　数 / 100 千　　　　　　　　　　印　张 / 14
版　次 / 2022 年 1 月 第 1 版　　　　印　次 / 2022 年 1 月第 1 次印刷

书　号 / ISBN 978-7-5317-5098-7　　定　价 / 68.00 元

目 录

第一辑　散文篇

第二辑　报告文学篇

第三辑　小说篇

第四辑　诗歌篇

第一辑

散 文 篇

SAN WEN PIAN

沧桑古镇话普迹

>>>

看过不少，也写过两篇关于浏阳河畔普迹古镇的文章，今天又情不自禁地提起笔来。

说浏阳河是一条非同凡响的河流，一是因为她的流向是自东往西，不同于绝大多数的河流；二是因为一首传唱天下的歌曲，让这条长度只有二百多公里，在中国地图上找不到踪迹的小河成了世界名河。

普迹镇也是一个非同寻常的古镇。按照流域文明的普遍规律，城镇一般都建在河流的右岸和北岸，而普迹镇却在浏阳河下游的左岸并且是南岸——不循崇右尚阳的古例。

据普迹境内黄茅尖上的残碑所载，在春秋年代即有楚国叶县大夫魏熹在此结茅为观，修道行医，号称白茅道人。另有 20 世纪 70 年代在金鸡大队出土的战国陶器，让普迹的历史上溯到 2300 多年以前。

普迹之名，出自镇上古万寿宫祀奉灵威普济之神许逊，其"普济"二字的谐音。许大真人寿诞是农历八月十三日，自明代以来即有演戏酬神的习俗，加之时值中秋，又是谷物和棉麻收成时节，且到了秋凉添衣之际，是小农经济商品交换的最佳时节，因而形成了久负盛名的普迹

"八月会"，曾有清人寻乐的绝句描述过其盛况："十日为期万货堆，中秋普迹竟喧阗。卖牛兑马兼孤注，赚得空囊赶会回。"

另外据传关云长战长沙时其赤兔马在跳马涧受惊走失，被拾得者藏匿，关公略施小计，派一小将领着马夫和十来人骑着高头大马沿途卖弄马术，并在普迹摆下赛马擂台，张榜悬赏重金，引得拾马者骑着赤兔参赛，一举寻回宝马。传说虽然没有史料佐证，但普迹镇上的牧马冲、跑马塘却至今仍在。

如果说这些远古的记载和传说还不能说明普迹是个物华天宝、人杰地灵的古镇，那么自晚清以来的这些真人真事足以让您深信不疑了。

出生在普迹青龙头的欧阳中鹄老先生，官至桂林知府、广西提法使，有《瓣姜文稿》存世，其弟子谭嗣同、唐才常是世人皆知的唯新志士；其再传弟子（谭嗣同的学生）蔡锷将军，立下了再造民国的不世之功。且不说在岳麓书院加入谭嗣同、唐才常创办的南学社及深受其思想熏陶的杨昌济，以及杨昌济的得意门生毛润之和蔡和森，更不说蔡锷在云南讲武堂时的高足朱玉阶。学生与老师的老师之间有多少必然的联系，因人因时而异，但作为老师以其杰出的学生乃至学生的学生为骄傲则是理所当然的。道之所存，师之所存也。

欧阳中鹄的孙子欧阳予倩1889年5月生于家乡普迹，1902年入长沙经正学堂读书。1903年留学日本，就读于成城中学、明治大学商科、早稻田大学文科。1907年参加中国留学生话剧团体春柳社，演出了反对民族压迫、种族歧视而又是由中国人演出的第一个完整的话剧《黑奴吁天录》，从此，他毕生从事革命戏剧运动。1912年回国后，即参与组织上海新剧同志会。1913 年在长沙组织文社，创作和演出新剧。1916 年，在上海与周信芳等同台演出京剧。十多年内自编自导京剧剧目 24 种，并对京剧进行多方面改革，艺术成就与梅兰芳齐名，"南欧北梅"享誉大江南北。"五四运动"以后，他响应反帝反封建的革命，宣传新思想新文化，曾培养新剧人才，创作电影剧本《天涯歌女》等，创办《戏剧杂志》。

●○ 欧阳中鹄先生

抗战爆发，他参加中国左翼戏剧联盟广州分盟，并赴法、英、德、苏等国考察戏剧，回国后在上海导演了一批有声电影片，有争取民族解放的《新桃花扇》，配合抗战运动的《木兰从军》等，在戏剧、电影界产生了较大影响。

抗战胜利后，他在桂林、上海从事戏剧演出工作，导演话剧《郑成功》《日出》，宣传民主思想，反对内战。

1949 年 3 月，他应中共中央邀请北上，参加中国人民政治协商会议筹备会议，此后历任中央戏剧学院院长、第一届全国人大代表、中国戏剧家协会副主席、中国文联副主席、中国舞蹈家协会主席、中国实验话剧院院长。著有《欧阳予倩剧作选》《欧阳予倩文集》。

清末民初普迹另一名人娄云庆，生于道光六年（1826）。咸丰初年入湘军水师，因战功升至都司、霆军营官、参将。后转战皖南，会鲍超赴援江西，他率兵扼渔亭，击败太平军，杀死部将黄世瑚。次年，随军会攻徽州，诸军被太平军打败，独他全军而退。不久，会张运兰战卢村，夺取徽州。后从鲍超战江西，以战功加封直隶正定总兵。

同治元年（1862），他领军取青阳，随后攻石埭时率士卒负板登城。后曾国藩令他与宋国永分军共夺宁国，以提督记名，赏赐黄马褂。同治三年（1864），率部先后攻占金坛，并领军驰援福建，再随鲍超转战广东嘉应州镇压太平军汪海洋余部。同治六年（1867），鲍超霆军被遣散，他奉命重募5000人，建霆峻营，驻防湖北。光绪十七年（1891），擢湖南提督，直至光绪三十年（1904），在任13年。此后娄云庆以老乞归，在家乡普迹养老，1912年病逝。

娄云庆自幼天赋异禀、博闻强识，深谙兵法，且精通拳械、武艺超群，晚年解甲归田，编创了三十六式混元太极长寿拳（老架）流传至今，成为一代宗师。

且不说娄云庆在战场、官场的是非功过，对于家乡普迹的繁荣发展，娄大提督是作出了巨大贡献的。据长辈说他在南洞庭湖一带购置田产数十万亩，在普迹镇上市街建有可储粮十余万石的九成仓，每到秋后娄府开仓收储租粮，中市河湾就有源源不断的帆船从浏阳河逆流而上。娄府出资数万银元建造的中市湾货船码头20世纪80年代初期还作为供销社、粮管站的主要装卸码头，直到1983年普迹公路大桥建成通车，水运码头才渐渐退出历史舞台。码头上放置用来拉动板车拖货上行的爬坡机房至今还在，只是因为 21 世纪初下游修建万家庄电站，宽阔气派的船运码头才隐身水下。可想而知，在漫长的流域文明时代里，一个宽阔的货运码头几乎是一个集镇主要的交通枢纽，它对这个集镇的发展有多么的重要。

作为浏阳西部靠近长沙的首善之镇，普迹自古以来就是兵家必争之地，在旧民主主义革命时期，当然也是风云际会的地方。

1904 年 2 月，黄兴、陈天华、刘揆一等创华兴会于长沙，以"驱除鞑虏，恢复中华"为宗旨，并联络会党，一致反清，他们派刘揆一的弟弟刘道一携亲笔信至湘潭，策动哥老会头领马福益共举大义。马福益表示"唯命是听"，他们商定，当年十月初十即慈禧 70 岁生日那天，在省府长沙炸死聚集庆寿的文武官员，趁机起事夺取省城。起事以黄兴为主帅，刘揆一、马福益分任正副指挥。

农历八月十四日，华兴会骨干黄兴、刘揆一、陈天华等在普迹汤合盛客栈与哥老会首领马福益及其主要部属姜守旦、龚春台、冯乃古会见。这一天正好是普迹的牛马交易大会，黄兴要借此机会为马福益授少将衔，扩大影响。刘揆一代表黄兴主持了授衔仪式，参加人数号称十万，仪式上赠送长枪 20 支、手枪 40 支、马 40 匹。由于这次授衔"仪式庄严、观者如堵"，对革命运动起了极大的宣传鼓动作用。自此以后，相继加入哥老会的成员，非常踊跃，有十万余众。由于华兴会与哥老会的频繁活动，引起清廷鹰犬的注意，其爪牙加紧了侦缉搜捕。9 月初，一些会党头目先后在湘潭、醴陵、长沙等地被捕，加上有人告密，事机泄露。黄兴、刘揆一幸得党人救援逃赴上海，随后远走日本，马福益则避逃广西，起义流产。这年为甲辰年，史称"甲辰长沙起义"。

新民主主义革命时期，普迹一带的革命烈火更是轰轰烈烈，这火种是从普迹境内的金江书院燃起的。金江书院始建于清朝同治年间。1898年戊戌变法废除科举取士制度时，改为"金江两等小学堂"，1941年改为金江中学。

金江书院是浏阳新文化运动的中心和发源地。1920年冬至1921年，新民学会骨干陈章甫和夏明翰、陈作新受毛泽东和中共湖南支部指派到金江学校协同进步校长黄谱笙创办浏西文化书社，积极翻印和发行《向导》《中国青年》等刊物，宣扬新道德，传播马列主义。

在这里，成立了中共浏阳县第一个党支部——金江学校特别支部。其间，毛泽东曾经到金江书院指导革命活动并送梨木印板一套。

1922年至1925年，宋任穷和彭士量、潘裕昆等进步青年在金江高小接受了革命的启蒙教育，受到了进步思想的熏陶，为他们后来分别走上革命道路、成为抗日名将打下了坚实的文化基础。宋任穷在《回忆录》中深情地回忆了那一段既有意义又富有热情的学生生活，并称这里是"革命的摇篮"。

"老子本姓天，住在白茅尖。白天冇一个，晚上千数千。"由金江学校点燃的革命火种在普迹及其周边地区形成燎原之势。当年以郑子卿、潘虎为代表的红军游击队在当地白茅尖、黄茅尖、乌峰尖一带经常神出鬼没地打击当地的国民党反动势力，让饱受压迫和剥削的农民群众扬眉吐气，令反动保安团、清乡队及地主劣绅闻风丧胆。

毕业于金江学校的郑子卿（后因地下工作需要化名邓洪，此后一直

使用化名）是被文盲游击队长潘虎用绳索抢去的党代表，他把一支既有革命倾向又有土匪习气的游击武装锤炼成坚强的革命队伍，并把队长潘虎培养成优秀的红军将领，后来邓洪把他和潘虎的故事写成革命回忆录《潘虎》一文，该文列入毛主席亲自题写书名的大型革命回忆录专辑《星火燎原》，并且多次列为中学课文，成为脍炙人口的红色经典。

后来《潘虎》被改编成革命样板戏《杜鹃山》，郑子卿和潘虎即是剧中柯湘和雷刚的原型，只是由于众所周知的缘故，党代表变了性别。

郑子卿是个充满传奇色彩的人物。新中国成立前他担任过湘鄂赣省苏维埃的主席，新中国成立后也当过全国政协常委和江西省副省长，因地下工作需要他改名换姓一直使用化名，后来家族里的长辈要他改回原名，也好光宗耀祖，他说革命不是为了一家一族，是为了人民大众……现在百度上只显示他有个"曾用名郑子卿"。最近族人重修族谱时查到修订于1937年的《湘赣边郑氏家谱》中有关于他的这样的一段文字："儒和嗣子美蛟，字子卿，号邓洪，抗日游击支队长。"好在有过国共合作抗日救亡的那段历史，要不然在当年背负罪名的人是绝对上不了族谱的，再过一些时日，我们郑氏家族将"查无此人"了，但是，在当年的白色恐怖之下，因他而受到株连，郑家可掉了几颗人头啊！

普迹的浏西革命烈士纪念碑，收录了800多名革命烈士的名单，还有不计其数的先烈，为革命献出了宝贵的生命，可惜连姓名都没有留下！普迹有很多老人，知道自己的亲人参加了红军，却盼不到他们回来……

抗日战争期间，普迹也遭到了日本侵略军的蹂躏，同时作为长沙保卫战的外围战场。活跃在普迹一带的抗日自卫大队也与日寇展开了殊死的斗争，1944年7月23日，自卫大队七分队就在普迹杨家洲黄家公屋一举全歼15名来犯的日本兵。

新中国成立以后，普迹成立了人民政府，首先经历了国民经济迅速恢复的阶段，通过公私合营，对有相当规模的吴乾盛锅铺、汤合盛商行、六合堂货栈等工商业进行社会主义改造，久负盛名的"八月会"也曾达到空前规模。

进入公路时代以后，普迹发展相对滞后。直到近十年来浏阳进入高速时代，普迹拥有武深高速的一个互通，且接近上瑞、长浏等高速公路出口，普迹的历届领导班子抓住机遇，通过招商引资加速集镇建设，发展制造产业、现代商贸业和农业，经济社会发展有了质的飞跃。

现在的普迹，镇域人口达 50000 多人，集镇建成区 3 平方公里，集聚人口 12000 多人，工商企业近千家，并且已有一所大学落户，正在征地拆迁。今年投资 3000 多万，在镇北的浏阳河畔，建成长达两公里，面积百多亩的沿河风光带，植入多种文化元素，为居民打造了一个理想的休闲娱乐、郊游锻炼的场所。

浏阳河涛声依旧，普迹镇物换星移。笔者在这里出生，也在这里长大，还将在这里变老。我和儿时的同伴都到了告老还乡的时候，我们相约在沿河风光带上漫步闲游，目光所及的景物已与记忆中的相去甚远，但通过对历史的思索和往事的回放，我们感慨万千！我们仿佛看到历朝历代"城头变换大王旗"的时候，普迹的先人们发出"兴，百姓苦；亡，百姓苦！"的悲声；我们似乎看到赤身裸体拉着娄大提督家运送租粮的帆船的纤夫们；我们的眼前似乎洒满被国民党反动派和日本兵杀害的烈士们的鲜血！

面对这眼前的一切，我想象着假如欧阳中鹄老先生泉下有灵，他老人家领着他的学子来到这里，一定会捻须额首，有感而发：啊，你们看我的家乡多好啊！乡亲们一个个多么自在啊！哦，他们现在叫"满满的获得感"，是啊，如今当朝执政者践行"人民至上"的理念，出自孟老夫子的"民为贵，社稷次之！"是啊，还在创建"人类命运共同体"，是谓大同！

浏阳是著名的革命老区。在风起云涌的革命战争年代，这里发生过许多惊天动地的故事，早在1926年10月初，中共湖南省委就批准正式建立中共浏阳县地方委员会，潘心元、张启龙、王首道等先后担任县委书记，从此，全县大多数区乡建立了党的秘密组织，并领导建立了县总工会、县农协、县互济会、团委、县妇联等各种群众组织，团结了全县广大群众，当时的农协会员就有30多万人，苏区农业合作社社员数千户。浏阳工农运动组织之广，声势之大，在湖南相当突出。李维汉同志曾回忆说："当时外地同志到浏阳去，都口称去'留洋'。"意思是说浏阳工农革命运动搞得火热，是值得去取经学习的地方。我党于1927年秋领导的震惊中外的秋收起义，浏阳是重要的策源地和会师纪念地，中国工农红军就是从浏阳文家市会师出发走向井冈山的。1930年7月底，彭德怀率领红三军团胜利攻克长沙，随后国民党反动军队对工农红军进行了疯狂反扑，8月初，彭德怀率队转移，也是在浏阳永和李家大屋与毛泽东、朱德率领的从江西赶来支援的红一军团胜利会师。经两军团前委联席会议决定，组建红一方面军（即中央红军），朱德任总司令，毛泽东

任总前委书记兼总政治委员，与此同时，成立了中国工农革命委员会，毛泽东任主席。"毛主席""朱总司令"，这两个令革命队伍欢欣鼓舞，反动势力闻风丧胆的伟大称谓，就是从这里叫开的。

红一方面军成立不久即回师入赣，进入了艰苦卓绝的反围剿斗争，红军主力部队离开之后，浏阳的根据地重新陷入敌人的疯狂进攻和严密的封锁之下，合作社生产被破坏，群众生活困难，特别是留下来的地方革命武装避匪团，是由革命斗争高潮时期地方赤卫师裁撤而成，精壮人员送到中央苏区参加红军，老弱妇残留下来坚持斗争，生活和工作环境十分艰苦！

好像早就预料到了这种情况，在离开浏阳的时候，彭德怀从长沙之战缴获的战利品中，拨出4000多元大洋给浏阳县互济会。当时的互济会类似于革命发展基金会，肩负着援助红军、救济被监禁和杀害的革命志士家属等任务，时任浏阳互济会主任郑子卿同志（化名邓洪）收到大洋之后，经县委同意，将这4000多元大洋分配给东南西北四区避匪团和困难群众做救济金，其中北区2000元，西区和东区各1000元，南区几百元。当时郑子卿同志考虑这些钱分下去个人所得不多，不如引导避匪团入股激活原来红火过的合作社，开展生产活动，组织产品营销，由于东区地形分散，南区金额较少，就将钱分给了困难群众，北区和西区则入股了合作社。

经过前几年的培育发展，合作社本来就有一套比较成熟的生产经营办法。比如以种子为主的生产资料联购分销，大大节约了生产成本；家织棉布、桐油、茶叶、麻纱等大宗农产品的分产联销，大大延长了市场半径，拓展了利润空间。这笔资金注入以后，又带动了广大社员的积极性，大家纷纷增资扩股，积极扩大再生产，不但增加了收入、改善了生活，还通过苏区地下交通线的深购远销，用浸晒、夹带等伪装手段，为红军战士送去了食盐、西药等紧俏物资。

1933年2月底，郑子卿同志接到通知，4月中旬择日在瑞金召开中华苏维埃共和国互济会代表大会，随即带领县互济会会计小孔赶赴万载小源，与中共湘鄂赣省委互济会主任吴永泰会合一同赴会。他们一行三人乔装出发，一路经过国民党反动武装哨卡的盘查，遇到交战就到老百姓的家中避让，三人走走停停。一个多月后，才到达瑞金，这时代表大会已经闭幕了！

中央互济会主任潘子兴同志热情接待了这三位历尽艰辛远道迟来的

●○ 郑子卿同志

代表，认真听取了他们的工作汇报并详细地传达了会议精神。当潘子兴同志讲到毛主席和邓子恢部长（财政部部长）亲切接见了会议代表时，郑子卿、吴永泰和小孔都表露出了惋惜之情，连声叹息失去了见到日思夜念的毛主席的好机会！潘子兴同志非常理解这三位同志，悄悄向毛主席汇报了浏阳互济会的情况和他们的心情，毛主席一听到浏阳的代表来了，并且工作搞得很好，很快就安排了接见！

"最是人间四月天，梧桐初茂叶芊芊"。这一天艳阳高照、春风和煦，潘子兴领着三位同志来到一栋土砖泥瓦的普通农舍，走进横厅，他们一眼就看见一位身材高大的汉子手持毛笔低头疾书。因为见过照片，他们一眼就认出了毛主席。主席和他们一一亲切握手，连道辛苦，并把一旁的邓子恢部长介绍给他们，随后大家一起坐在有点零乱的小横厅里，潘子兴同志说主席原来的住地叶坪刚刚受到敌机轰炸，昨晚才搬到这里的。随后吴永泰和郑子卿简要地汇报了湘鄂赣省和浏阳县的互济会情况，毛主席和邓子恢部长听了连连点头称赞，毛主席还问了主力红军离开后根据地的斗争情况，鼓励大家坚定信心，努力工作。最后，毛主席要潘子兴同志好好地总结一下浏阳的经验并加以推广，并对一同听取汇报的邓子恢同志说："邓部长，奖给浏阳互济会的1000块钱，现在就让他们带回去，好好地发展根据地的合作社吧！"

离开主席的住地，郑子卿掂着沉甸甸的1000块大洋，默默地叮嘱着自己，回去后一定要好好地工作，好好地发展合作社……

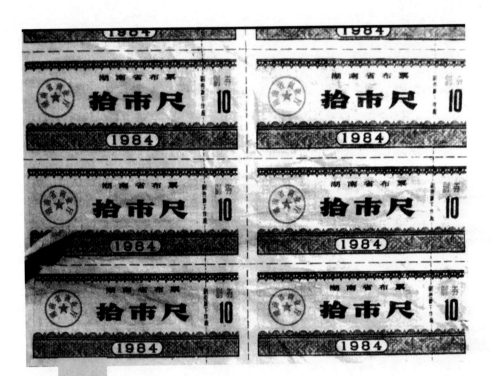

无意之间的绝版收藏

>>>

布票是我们国家计划经济时代对布匹实行计划管理的票证。从 1953 年开始发行，至 1984 年终止流通。

1984 年湖南省布票的发放过程中，我担任浏阳县沙市区供销社计划统计专干。当布票刚从县社分发下来的第二天，票证员老陈正准备向分店分发，并且要我帮他经手发放给区社干部、职工。这时，就接到上面的电话通知，说布票从今年起停止使用，就地销毁。

这就意味着，从当年起布匹可以敞开供应了。

这可是件大好事。它说明我们国家以经济建设为中心、解放和发展生产力、最大限度地满足人民不断增长的物质需求已经初见成效！

当然，也说明布票流行的 30 年来，国家在物质产品相对紧缺的情况下，针对国民不患寡而患不均的固有心态，成功地实行了有效的计划管理。

如今，我们的国家已经远离了那个什么都缺的年代。我从箱底里翻出布票——这无意之中的绝版收藏，不仅仅有对那段物资供应极为贫乏但精神生活相当丰富的青春岁月的美好追忆，还有对国家改革开放稳步前进，人民生活水平日益提高的满心欣喜！

　　且珍惜这无意之中的绝版收藏！它珍藏着难以忘怀的 1984，那一年，我 22 岁，已步入成年，那一年，共和国 35 岁，正进入壮年。

我的第一课

>>>

五十年前的我，正到了发蒙读书的时候，爸爸给我筹备了二块五毛钱学费，娭毑给我做了身读书的新装（那时可没什么校服）。

　　从此我脱掉了开裆裤，穿起了栾裆裤。最不习惯的是系裤带时打那个活结——一不小心就扯成了死结，半天也解不开。这不，刚上厕所，可裤带的死结扯了半天也打不开，只听到上课的钟声又响了，娭毑和老师都说了，上课是不能迟到的，迟到了可是要罚站的呀，怎么得了！我急得"哇"地一声哭了起来。

　　刚好班主任张老师从厕所门口路过，听到哭声，她连忙耐心地帮我解开裤带，并告诉我怎么打活结才不会被扯成死结。然后跟正在上算术课的吴老师商量别让我罚站……

　　第二节是语文课，第一课是《毛主席万岁》，有一个同学在抄写时不小心写成了"毛主席方岁"。后来这事传到公社革委会去了，过几天上头来人要查是不是家长教唆学生故意写反动口号，张老师连忙替学生解释说："这小孩的意思是毛主席一万岁还要多一点，其实是真心热爱伟大领袖毛主席。"公社革委会的同志一听也有道理，这事就不了了之，该同学及其

家长因此逃过了一劫。

　　时隔五十年之久，这两件小事还历历在目。韩愈说："道之所存，师之所存也。"我的启蒙老师秉持的这种"爱生如子"的为师之道，让我对她们始终有着"一日为师，终生为父母"的感觉！

再上庐山大不同　>>>

妻兄盛情相邀，且为我们订好了房间，我和老伴便开始了时隔30多年的庐山之行。

千年庐山如故，百载世事沧桑。两次庐山之行，差别巨大，恍如隔世。

上次庐山之行，20出头的我是作为主管交通的副乡长组织境内沿浏阳河各个渡口的渡工到庐山观光，妻是作为医护人员随行服务的。但是今天，沿河两岸的各个渡口早已是"野渡无人舟不见"了，因为渡口的交通功能早已被横跨两岸的大小公路、桥梁所取代，那些风雨相随，迎来送往的老渡工们早已回家养老了。浏阳河沿岸，再也难以找寻渡船和渡工了，再过一些岁月，连渡口——这些个曾经的交通要津，都只能作为历史遗迹而存在了。上次到庐山，我们20几人，乘坐一辆大巴，凌晨3点从浏阳普迹出发，沿319国道途经上栗、万载、上高、高安、奉新、德安、沙河等县，行程800公里，自带干粮作为早点，中途停靠路边小店吃中晚餐。因为旅行社不包伙食，几个渡工嫌自费点菜太贵，嚷着就吃碗稀饭充饥，我只好临时表态乡上补贴开餐。好在回乡报账时书记、乡长说渡工难得出去观光，同意报销餐费。大巴没有空调，全靠开窗通风，一旦遇上堵车或加油，大家只好下车寻找树底或屋檐躲阴。深夜到达庐山底下住宿，旅店条件十分简陋，房间不但没有空调，连吊扇都不能正常运转，大家只知道庐山清凉宜人，殊不知还是要用蒲扇驱蚊消暑。次日一大早沿着盘山公路上山，一路颠簸，有两位老渡工连胆水都呕出来了。

好在庐山风景如画，渡工们虽然路途艰苦，仍然称赞不虚此行。有两名读过幼学的老渡工还兴致勃勃地做起了打油诗：风光无限好，喜煞摆渡人……

可是，当我们一行人刚刚意兴盎然地坐着大巴驶上回家之路，不争气的汽车又抛锚了。我们下车等了两个小时，司机坐摩托车好不容易从汽修厂请来师傅，一看说是发动机问题，要拖到厂里中修，我们只好通过汽修厂改租大巴到九江，搭乘火车经南昌到长沙，再坐班车回家，这一路劳顿两天之后才回到普迹。特别是买站票坐火车从九江到南昌的那一段，遇上北方某省集体逃荒去福建讨米的团队，他们由大队干部领着，带上公社开出的介绍信，说明"由于洪水灾害，颗粒无收，今组织前往贵处沿门乞讨，请发扬互助友爱精神，给予关照并提供基本住宿条件！"近两百人挤在一节车厢里，声音嘈杂、汗臭熏天，三个多小时，让人感到窒息和虚脱，给人造成体力上的透支，也挑战着耐力上的极限。山上美景留下的兴奋和激情抛到九霄云外去了，我生怕年纪较大的两位渡工有什么不适，回去不好交差，好在没什么事儿。

记得当时我的右股骨上方皮肤上长着一个毒疔，贴了老船工的草药刚刚开始消肿，脓荳还没挤出。在南昌下火车的时候，我们使劲从人缝

里挤出车门，被北方灾民挎包里的硬物（估计是要饭用的搪瓷器皿）狠狠地顶了一下，顿时一种钻心的烧灼感陡然而来，疼得我眼泪直冒。可能是痛极而麻，也可能是途中忙碌，直到晚上在长沙小旅馆提水洗澡，短裤脱不下来，才发现毒疗的脓苞被挤出来了，和血水一道凝结成痂，我用温水沾湿才揭开粘在肉上的裤子和草药，发现毒疗差不多好了，真是歪打正着、因祸得福啊！这次庐山之行，让我终生难忘。

三十多年后的今天，我们国家发生了翻天覆地的变化。今年虽然发生了百年未遇的新冠疫情，但举国上下同心协力很快就控制了下来，不到半年时间就恢复了跨省旅游，我和老伴得以借公休假日一同应邀到庐山避暑。

我们与妻姐结伴同行，从长沙家里刷 APP 坐地铁到高铁站，然后刷二维码坐高铁到九江，出站后妻兄开车接着我们，坐上缆车后十分钟就上了庐山。全程 800 公里，四种交通工具，三个多小时搞定，多惬意、多省心啊！

上得山来，我们用华为手机打开北斗地图选择景点，刷健康码免费参观游览；用微信支付打的用餐；用手机拍照，用"美图"编辑加工；用"美篇"码字作文，然后发往各自的朋友圈和微友群，美景美图获得一大片的点赞。吃喝玩乐衣住行，一机搞定，好爽哟！

遥想古人，太白先生写下"日照香炉生紫烟，遥看瀑布挂前川。飞流直下三千尺，疑是银河落九天。"这样神采飞扬的诗篇，要是能配上形态直观的图片和抖音发在朋友圈中，该会博得多少微友的点赞和转发呀。

苏东坡如果有手机北斗的定位和无人机航拍，也不会慨叹什么："横

看成岭侧成峰，远近高低各不同。不识庐山真面目，只缘身在此山中。"

　　在我们这一代人的生命旅途中，告别了鸡凭早晏、斗辨东西的刀耕火种的原始生活；告别了砂路石桥、人工橹渡的近代农耕社会的交通设施；告别了凭票购买、限量供应的短缺经济时代；告别了工业化初期的高能耗高污染时代，进入了高速公路时代、高铁时代、电子信息时代、互联网时代！我们庆幸，生在可爱的中国，活在飞速发展的新时代！

改口

>>>

又是一年一度的冬至，这是我们中国人祭祖思亲、相沿成习的节日。做为一个从小离开生身父母出继的孩子，我流着泪写过含辛茹苦把我养大成人的嫂驰和养父，这些文字也在网上博得了许多同情的眼泪，但每当点开荧屏，想写写生育我的父母，这手腕和心情便沉重了起来，欲说还休……

是你俩把我带到了这个世界，我本该叫你们爸爸、妈妈。可是，当我出生才八个月，你们却忍痛把我送给了我的养父——"你们的单身堂弟"。从此，一个未曾开口说话，还来不及叫出第一声爸爸、妈妈的孩子，便要随着抚养关系的改变而改口叫你们伯爹、伯妈。直到在您们的弥留之际，我跪在床前撕心裂肺地对着你俩喊出平生第一声爸爸、妈妈，你俩可能已经听不到了，即使是隐隐约约地听到，也没有力气答应你俩的儿子了！这就是我们父子、母子之间的缘分，这缘分折射出人情世事的曲折与悲欢。

20 世纪 20 年代，你俩相继来到那个军阀割据、战火纷飞的世界，因两家都是殷实富有的家庭，所以都受到了良好的教育。生父从浏阳当时很有名气的金江初级中学毕业。生母出生于长沙河西雨敞坪杨氏望族，祖父是当地有名的绅士，膝下只有两个孙女，但他没有重男轻女的思想，将她们视若掌上明珠，将您和姨妈双双送入周南女校完成了初中学业。20 世纪 40 年代初，奉父母之命，经媒妁之言，生父、生母结为连理，"国事危亡火急秋，枕戈何暇觅风流。"正当你俩新婚燕尔之际，日本侵略军的铁蹄踏进了中原，"一寸山河一寸血，十万青年十万兵！"生父投身到抗日救亡的铁流，进入南京陆军军官学校，你俩从此经历了一段共同的军旅生涯。

生父军校毕业后历任国民党陆军尉、校级军官，在衡阳、泰和、吉

安、平乐、桂林等地参加过多次对日作战且身负重伤。抗日胜利后转任盐警，在福州、平潭等地供职，生母一直随同并在部队担任通讯、扫盲等工作。1949年生父以盐警上校身份奉命在福建起义投诚，你俩一道回到家乡浏阳金江，开启了陌生的农耕生活。土改时划为地主成分，加上新中国成立前在国民党部队中的经历，在后来频繁的政治运动中受了不少冲击，其艰难境况是难以言状的。

好在这里是郑氏家族聚集居住的地方，基层干部多为亲朋好友。在历次政治运动中虽然受到一些冲击，少不了口诛笔伐，押解游斗，但还不至于有拳脚相加，受皮肉之苦，加上你俩生性达观，以心适境，日出而作，日落而息，夫唱妇随，苦中有乐。不过生男育女六口之多，也难免寒衣之忧，饥食之愁。

在我之前的大姐是新中国成立前出生的，只读过小学，嫁到山冲旮旯里去了；大哥虽然聪明能干，也因家庭出身没能读上中学，直到改革开放之后才结婚成家，随后加入党组织并担任基层干部；二哥年幼时得了小儿麻痹症，因无钱医治落下终身残疾；三哥不到三岁患了急症，因父母正在参加"四类分子"集训，还没来得及抢救就离开了人世。

我是1962年初出世的，国家刚刚度过三年困难时期，农村集体食堂刚散，家里连锅灶都不完备，生父用几块土砖架个铁瓢煮一碗稀饭给生母吃了才把我生了下来。

先天不足、后天不良的我，偏偏又被算命先生判了个"承房过继"的命。生父生母眼见前面残了一个、死了一个，这个刚生下来的算命先生又说不过继改口（不能叫生身父母爹爹、妈妈）是带不成人的，只好忍痛割爱，张罗找人带养。正巧养父年届三旬，离异单身，与生父又是五服之内的兄弟，贫农成分，且是参加过抗美援朝的退伍军人，不用改姓也合得班辈，特别是没有家庭成分的歧视，这样一来，出生才八个月的我就离开了生身父母。古谚有云："送儿不摸头，摸头双泪流！"当时的情景，襁褓之中的我虽浑然不知，但万般无奈的生身父母的痛切感受是可想而知的！

好在盼儿心切的养父对我疼爱有加，祖母更是关怀备至，我过继后的日子显然好过前面的哥哥、姐姐和后我两年出生的弟弟，养父也全然不顾什么"阶级界限"，经常抱着我往来于两家之间。

上小学时也有同学歧视过我的出身，但很快就被好心的老师制止和纠正了过来，老师说："现在不正在批林批孔吗，就是要批判生而知之，倡导学而知之，他在贫下中农、复员军人家里长大，也算是根正苗红嘛。"校长还经常让我在全校的大会上担任司仪，这让偷偷在窗外看我的大哥很是眼热。后来养父中年患病，祖母以垂老之躯苦撑危局，党和政府给予了及时的救济，亲友乡邻给予了很多帮助，生身父母也在自顾不暇的境况下尽力接济，使我顺利读完了中学。

改革开放以后，生身父母摘下地主帽子并落实起义投诚人员政策，兄弟们也经诚实劳动和合法经营过上了好日子，我在恢复高考后升学转干进而走上领导岗位。日子一天天好起来，生身父母也扬眉吐气地乐享晚年，你俩在那一段开心的岁月里，尽力帮助儿女抚育孙辈，发挥博览群书、饱经沧桑的优势循循善诱地教育儿孙，在关键时候为儿孙们把关、掌舵，在充实、安闲中渐渐地走向生命的终点。

"黎明即起，洒扫庭除，要干净整洁；既昏便息，关锁门户，必亲自检点……"我还清楚地记得，在看着孙儿们扫地的时候，这《朱子家训》，你们口口相传，倒背如流……

"鸣蝉洁饥，不羡螳螂秽饱"，"宁可正而不足，不可邪而有余"。当我走上一个又一个领导岗位，面对权力考验的时候，你们时刻给我敲响警钟……

"宁可抱香枝上老，不随黄叶舞秋风！"当某些时段政治生态受到严重破坏，一些人不择手段买官跑官，挤向权力中心的时候，我的脑海里依然回响着您俩的声音……

时光荏苒，岁月蹉跎。眼看将近您俩百年诞辰的日子，我匆匆急就这些粗糙的文字，简要记录着整整一个世纪的发生在我们父子、母子身上的事情，这一个世纪以来，我们经历过国似覆巢和家如垒卵的危急存亡之秋，也演绎过太平盛世和幸福家庭的春天故事，我们之间的悲欢离合折射着国家命运的盛衰强弱。今天，如果双亲泉下有知，我要欣喜地告慰您俩：我们久经磨难的民族，已经走上了伟大复兴的康庄大道，您俩名下的几十名儿孙晚辈，也没有忘记您俩生前的教诲，在各自的领域里努力奋斗，营造着幸福美好的生活！

重上杜鹃山

趁着雨后初晴，清风朗日，与朋友一道登上了浏阳西乡有名的白茅尖。

白茅尖坐落在九岭山脉中段，与黄茅尖、乌风尖并称"浏西三尖"。三尖海拔高度均在 500 米以上，从南端的白茅尖至东端的乌峰尖，山峰连绵起伏，气势磅礴，其中又以黄茅尖的海拔最高（725 米），是浏阳西部第一高峰。

月朗星稀之夜，站在黄茅尖顶，可直眺长沙、株洲的璀璨灯火。两年前我曾经上过一次黄茅尖，到过山顶的黄茅古寺。古寺始建于何时无从考证，但寺内铸造于清嘉庆二十一年（距今 200 多年）的古钟，钟上铭文有"皇图巩固，帝道遐昌，佛日增辉"字样，并记录着当年"娘娘于林山之麓，地名梨树坡，筑坛祈雨，连日大沛甘霖"之事。似乎在诉说着山民农耕生活的艰辛。

白茅尖与黄茅尖距离约 2 公里，相传是因晋代白茅道人在此修道炼丹而得名。山上道观已毁，遗迹尚存，老道开拓的古井至今清泉依旧。

传说黄茅尖上有一片古老的茶园（现仍有茶园近百亩），其茶叶用白茅尖下白鹤泉水冲泡，气雾似白鹤升腾。县官以之进贡，皇帝品后龙

颜大悦，连道："好茶，好茶！"

　　大革命时期，共产党员郑子卿（化名邓洪）、潘虎曾经在此领导红军游击队开展革命斗争。白茅尖、黄茅尖响彻云霄的革命号子"老子本姓天，住在黄（白）茅尖。白天冇一个，晚上千数千"，让国民党反动派闻风丧胆……

　　新中国成立后担任江西省副省长的邓洪，写了反映他和潘虎革命传奇的回忆录《潘虎》。文章入选毛主席亲自题写书名的大型革命回忆录专辑《星火燎原》，多次编入中学课本，成为脍炙人口的红色经典，并被改编为革命样板戏《杜鹃山》。

怎么去浏西三尖？从长沙东大门星沙收费站出发，经长浏高速枫浆桥互通转武深高速，在普迹出口下高速，再行十几公里即到主峰之下，整个车程约一小时。

这里山清水秀，冬暖夏凉，且可顺访素有浏阳革命摇篮之称的金江书院、浏西烈士纪念塔，接受革命传统教育，确实是郊游踏青的理想去处。

天心玩古

长沙古国，阁峙天心，物华天宝，人杰地灵。承屈贾之古韵，袭柳杜之华章。武崇关圣，文尚朱张。曾公挽狂澜于将倒，左帅涉瀚海而收疆。毛刘开天辟地，黄蔡青史留香。薛将军天炉焚虎豹，彭元帅半岛斩豺狼……

历史风云际会，终归物在人亡，幸有一席闹市，赢来古品琳琅。寻得良辰吉日，临此文玩市场，席地俯首，**睹物思量**。沐夏风商韵，辨春秋汉唐。寻宋之玉斧，访元之革囊；或龙泉认绿釉，景德识青花；或抒怀问鼎，吊古持璜……

于斯古物，吾独爱玉玩，其视之润泽，**其抚之滑光**，以为修身比德之至宝，思古寻幽之奇方。闲逛之间，**偶有捡漏**，便得而珍之，欣喜若狂。若遇二三相知，邀至其庐，清茶当酒，室静兰香，道骨仙风，古道热肠。抚今追昔，温故知新；研摩辨析，**把赏珍藏**；坚定文化自信，赋予时代精神，其乐也悠悠，其喜也洋洋！

真英雄必不自居

——追记滑竿游击队长队长「潘豹」

1932 年夏，时任湘赣临时省委儿童局书记的胡耀邦同志随部队去湘东一带做扩大红军的宣传工作。有一天，部队到达醴陵县白兔潭镇，在行军中，细心的耀邦发现迎面走过来的行人显得神色紧张，细问之下发现由于先遣队员侦察疏忽，没发现前往围剿革命根据地的国民党军队正在开往白兔潭。这白兔潭镇原本就是个"一条道路两排房，依山傍水有学堂"的江南小镇，狭路相逢，必有一战。虽然年仅 17 岁，但有一定战斗经验的耀邦同志马上通知前卫连长潘豹，潘豹立即指挥部队撤到小镇山下，自己带一小队士兵跑下河堤，渡河到达对岸开阔地带，借助河堤隐蔽，向对面进镇的敌人开火，当敌人转过身来，我方队伍全从山下冲出，与潘豹率领的小队一道，对敌人形成了前后夹击之势，两面受击的敌人以为中了红军的埋伏，仓皇逃窜，潘豹和耀邦率队乘胜追击，缴获了大量枪支弹药，为扩大红军做了一次生动的现场动员。

经此一战，潘豹这位智勇双全的老乡连长给耀邦同志留下了深刻的印象。

后来，潘豹同志和他的师长哥哥潘虎，在党的领导下，经过艰苦斗

●○ 潘豹同志

争的磨炼，成为红军井冈山时期富有传奇色彩的兄弟骁将。

1962年深秋，共青团中央第一书记胡耀邦带职下放，担任中共湖南省委书记处书记兼湘潭地委第一书记，有机会回到阔别三十年之久的家乡浏阳，碰巧在井冈山时期的老战友，时任江西省副省长的邓洪（原名郑子卿，邓洪是其从事地下工作时的化名，新中国成立后一直使用化名）也回到了浏阳，两人都住在县委招待所，老战友相逢，格外亲切。

他们在工作之余促膝长谈，一起回忆红军时期的峥嵘岁月，一起回想当年那些生龙活虎的战友们……

"子卿啊，我在《星火燎原》上读了你的回忆录，你把潘虎烈士的形象写活了，不知他弟弟潘豹后来怎么样了？"耀邦深情的话语中，既有对邓洪的赞赏，也有对潘虎的怀念，更有对潘豹的关切！

邓洪有些心情沉重地说："听说他后来受了伤，留在地方打游击，新中国成立后一直在家当农民。"

"要不我们去看看他。"在耀邦的提议下，两人结伴同行，驱车来到潘豹所在的官桥公社。顾不上路途劳顿，他们稍事休息就在公社领导的陪同下步行前往潘家大屋。

进得门来，三位曾经生死与共的战友，三十年后的故地重逢，三双饱经风霜的大手紧紧地握在一起，久久不能松开。落座之后，潘豹手里拿着长杆子旱烟筒，他抹了抹烟嘴，从烟袋里挖了些烟丝填进烟斗，想递给耀邦又有点犹豫，耀邦一把接过烟筒，和邓洪、潘豹三人轮抽起来。

"子卿同志正在搞革命回忆录，潘豹你们兄弟都是战斗英雄，子卿写的你哥潘虎的文章收进了《星火燎原》的专辑，书名还是毛主席亲自题写的哩。你把你的故事给子卿扯一扯，让他给你也来一篇。"耀邦率先打开了话匣子。

潘豹说："我扯什么呢？你们老首长还记得我们这些留在老区继续坚持斗争的同志，生活上经常关照，今天还专门来看望，我当年参加革命只是为了有口饭吃，是在组织和同志们的帮助下逐步成长的，我到底为革命作了多少贡献呢？"

"嗯，问得好？每个人都这么躬身自问，我们的事业会好办得多。"耀邦深表赞许，邓洪也频频点头。

"我这条命都是自己的战友用鲜血换来的哩，要写就多写写那些牺牲的战友吧！"

接下来，在旱烟缭绕的土砖房里，潘豹向两位老战友讲述了他受伤以后的经历。

1934年红军第二次渡湘江，他被敌人打伤左腿后，组织上派两名年轻战士抬着他到革命的根子户家里养伤，两名战士要留下来照顾，他认为不必为他这样的废人浪费革命力量，用枪逼着他们回去找队伍，结果他们归队途中遇到了敌人的搜索队，两名战士打光了子弹，惨遭杀害，尸体摆在镇上当街示众。

伤情好转后，他遵照湘赣边苏维埃省政府主席谭余保的指示成立了游击支队，共有84人，队员都是慕潘豹之名聚集而来的贫苦农民，大多没有作战经验，况且红军主力走后国民党反动势力的气焰十分嚣张，支队不能轻易深入白区开展武装斗争。"唉，可惜我这条腿还不能走路，要不然，我带支短火领着你们下山还是可以的。"

"潘队长，山上有的是茅竹，我们做一副滑竿，抬着你下山，你指挥我们打土豪，打团防局，搞枪支，搞军粮！"

队员们早就想试试身手，只是苦于没有富有作战经验的人现场指挥。此后，他们抬着潘豹四处奔袭，神出鬼没的"滑竿队长"让当地土豪闻风丧胆，游击支队逐步发展壮大，名震湘赣边区，直到后来潘豹能拄着拐杖行军打仗，一些团防局被袭后，他们上司还问是不是那个"滑竿队长"干的。在苏区革命处于低潮，国民党还乡团横行霸道的岁月里，"滑竿队长"和游击支队，犹如黑云笼罩下的电闪雷鸣，震得革命群众欢欣鼓舞，也吓得反动势力胆战心惊。

"老首长，老话说：'一俊遮三丑'，我出名后，你们只听到我过五关，斩六将的风光的一面，没听到我也有走麦城的时候。跟着我的同志先后牺牲了好几个呀，这里面也有过我指挥失误的过错呀！你们说我对革命有功，我也有愧呀，我对不起那些牺牲的同志呀！"

耀邦和邓洪一边抽烟一边听着潘豹的讲述，同时也觉察到潘家的生活并不宽裕，耀邦提出给潘豹在县里安排一个工作，拿份稳当的工资，潘豹坚决不同意，说自己 50 多岁了，身体残疾，又没有文化，你们安排我出去工作，只会给你们添麻烦，只会给单位和同志们增加负担。

天色渐晚，耀邦和邓洪依依不舍地起身告辞，潘豹拄着拐杖送别战友，临别时耀邦同志还深情地握着他的手说："你还是出来工作吧，哪怕是到学校给共青团员、少先队员讲讲你们潘家兄弟与国民党反动派英勇斗争的故事，讲讲我们工农红军的光荣传统也好啊！"潘豹始终没有答应。此后，潘豹同志一直在农村过着自食其力的生活，直到 1986 年在女儿女婿的悉心照料下安详地离开这个世界。

一个当年在革命战争中屡建奇功，令敌人闻风丧胆的传奇英雄，在几十年未见的老战友面前讲述战斗经历，没有争功透过。在战斗负伤后想到的是不要为保护自己浪费革命力量，伤情稳定，行动不便的情况下想到的是不因身体致残放弃革命战斗。新中国成立后，当老战友真心实意地要给他安排工作的时候，他想到的是不能给老战友添麻烦，不能给单位和同志们增加负担！这样的故事，乍听起来真有点不可思议，但仔细一想，不居功自傲的英雄才是真正的英雄！不因一己之私而误革命大局的战士才是伟大的战士！不愿因自己的事给对方添麻烦的战友才是真心相待的战友！

故乡的云

>>>

傍晚在故乡的河边散步，凝望到天边绚丽的晚霞，映照在粼粼的波涛中，耳边似乎回荡着费翔的歌声：

天边飘过故乡的云，它不停地向我召唤……

归来吧！归来哟，浪迹天涯的游子

归来吧！归来哟，别再四处漂泊……

如果说离开自己长大的家园到外地学习和工作就算漂泊的话，我从在本地读完高中至今已漂泊了整整四十个年头。四十年来，虽然也经常回到故乡，但从没连续在这里待过三十天以上。四十年来，我总在想一个问题，故乡的什么景物最能牵动我的情思呢？是这里的山，这里的水吗？林则徐先生一句"青山不墨千秋画，绿水无弦万古琴"道尽了山水的深沉和悠远，也道尽了山水的凝重和平凡。只有云彩，才以它神奇变幻的形态和色彩，引发出人们无限的遐想和深思，勾起人们不尽的追忆和幽情……

最初注意故乡的云彩，源于看云识天的一些经验性谚语，当然，作为农家的孩子，这也是一种父传祖教的生存本领。在那个刚刚告别战乱，还经常受到饥饿威胁的年代里，如果不能准确地预料天气晾晒谷物和薯丝，则有可能面临严重的生存危机。同时，在那个缺乏电力和机械的年代里，饮用和浇灌庄稼的水源除了为数不多的自流水源之外基本上靠肩挑手提和脚车，干旱时节及时囤积到天降的雨水该是多么的贵重。于是乎，我们从小便用从大人口中学到的这些个谚语去琢磨天上的云彩：

乌云接日高，有雨在明朝。

乌云接日低，有雨在夜里。

天上勾勾云，地上雨淋淋。

上有乌云盖，大雨来得快。

有雨四方亮，无雨顶上光。

天上扫帚云，三天雨降临。

早晨棉絮云，午后必雨淋。

早晨浮云走，午后晒死狗。

乌云脚底白，定有大雨来。

低云不见走，落雨在不久

……

因此，在我们的童年记忆中，故乡的云彩是非常现实的甚至是残酷无情的。没有丝毫的浪漫和奇幻，只有对天公的无奈敬畏和祈祷。可时过境迁，如今的家乡再不是当年那种"交通基本靠走，通讯基本靠吼，生产基本靠手，治安基本靠狗"的情形了，人们早已从繁重的体力劳动

和沉重的生存压力中解脱出来，大家的生产生活环境也得到了极大的改善，农家书屋、健身广场和乡村公园已然成了乡亲们的休闲标配，我也可以实现和邻家的村翁们一道，时常在新修的滨河机耕道上悠闲地散步聊天，徘徊在故乡山水间，把玩岁月，品味人生，享受这归去来兮的田园之乐。当然，这个时候最吸睛的仍然是飘在天边，也浮在水里的那朵朵云彩。总觉天上千姿百态、变化万千的云彩，是多么的随心着意，养眼抒怀。她们或飘在牛形山的牛脊背上，好像给老牛披上亮丽的衣裳；或映在浏阳河静静的水波里，与绿色的夹洲岛斗艳争奇。有时像轻轻地飘浮在空中棉花；有时像一片片整整齐齐地排列着的白色羽毛；有时像峰峦，像河川；有时像战将，像哲人；有时像雄狮，像奔马；有时像烈火，像海浪……它们有时把天空点缀得很亮丽，有时又把大地笼罩得很阴森。像婴儿的脸，有时笑得很灿烂，有时哭得很伤心。我们晴时在河边散步，雨时在高速公路跨河大桥下的小广场上休闲。不管这天上的云彩如何变幻，我们的心情始终有一份从容和淡定，有一种对故乡，对生活的的自信和满足。

虚虚复空空，瞬息天地中。

薄彩临溪散，轻阴带雨浓。

有形不累物，无迹去随风。

瑞云千里映，祥雾四时同。

我用这首集句诗来描绘故乡的云，愿它和我的故乡，乃至于我的祖国"瑞云千里映，祥雾四时同"！

●○　这是刨红薯丝的场景，当年我家每年从队里分得1000多斤稻谷，1000多斤鲜红薯，加上自留地里种的，要晒400多斤干红薯丝，才不至于挨饿，当年除了过年或来了重要客人可以吃两餐白米饭，平时只能用薯丝拌米煮饭果腹，如果刨好了两担薯丝碰上了连续的阴雨，那可要烂掉个把月的口粮。

　　●○　这是当年用于提水灌田的脚踏水车。一到夏末，天干不雨，父辈们经常夜以继日，车水抗旱，假如遇上夏秋连旱，溪水断流，只要掘井挖洞，肩挑手提。现在水旱无忧，高质高产，脚踏水车只是当作传统农耕设施予以陈列。

我所亲历的
浏阳 98 抗洪及治水

>>>

1998年注定是令人难忘的一年。这一年，在一曲《相约98》的歌声中，一场特大洪灾肆虐了大半个中国，一波金融危机席卷了亚洲大地，一张互联网笼罩了整个世界。对于我来说，至今还历历在目的还是那一年浏阳的抗洪救灾和随后的水患治理。

　　浏阳地处湘东山丘地区，市域面积5007平方公里，由浏阳河、捞刀河、南川河三条河流流域的中上游组成。三河上游的连云山区是湖南三大暴雨中心之一，境内海拔高度从40米到1600米之间，落差很大，年降雨量1200至1400毫米之间，且多集中在4至7月。浏阳的水都是自产自销，没有客水来犯。这样的地理环境决定了浏阳很容易形成山洪灾害，也决定了浏阳可以主动作为，治水减灾。

　　据浏阳市志记载，1993、1995、1997、1998浏阳相继遭受暴雨洪灾，累计直接经济损失27.5亿，有112人在洪水中丧生。特别是1998年，6月13日、6月16日、6月26日、7月7日、7月30日全市6次遭受暴雨山洪袭击，仅7月30日一次，就有24个乡镇，200多个村，15万人口受灾，7000多人被水围困，500多人无家可归，12000公顷农作物被

●○　作者与代明书记、贤近副书记在踏看灾情

淹，部分乡镇交通、电力、通讯中断。

　　我当时作为刚刚上任不到一年的副市长兼防汛抗旱指挥部指挥长，虽然是土生土长的浏阳人，也已经在机关和乡镇工作了十几年，但要指挥应对这样百年难遇的洪涝灾害，还是有很大的难度。好在上有代明书记、湘平市长、贤近副书记的重视和支持，下有自远、传祝、友根、爱国、高梓、昌荣、国连、剑彪等农口同志的共同努力，我及时与气象水文部门会商雨情水情，与指挥部的同志一道分流域调度，充分发挥已有水库河坝对洪峰的调节作用，力争将灾害损失降到最低程度。灾后又及

●○　作者陪同谭仲池市长视察板贝水库工地

时安排，落实水稻损失旱作补，种植损失养殖补，生产损失流通补，农业损失副业补的救灾补损思路，夺取了抗洪救灾工作的全面胜利。

　　在抗洪抢险的过程中，我们深切地感受到大中型水库的科学调度在抗洪中有很大的调洪错峰作用，可是暴雨集中的浏阳河上游大溪河流域水库布局太少。其他地区已有的水库工程大都是 20 世纪 50 年代土法上马建设的，因主要考虑蓄水灌溉，所以放水流量过小，不利迅速压库蓄洪。建于 20 世纪 90 年代的大型水库株树桥又因大坝渗漏降低了汛限水位，调洪作用大打折扣。浏阳城区也因老浏阳河大桥跨度不够，形成卡口，防洪标准不高。

●○　作者陪同梅克保书记视察横山头水库工地

　　鉴于上述情况，我们形成了上游建库蓄洪，中游疏浚畅洪，现有水库河坝改闸加固调洪，下游筑堤挡洪，城区扩卡行洪的基本思路，并请专业院所很快做出了全市防洪规划。市委、市政府迅速作出了《关于加快我市水利建设的决议》，在全市上下形成了建重于防、防重于抢、抢重于救的抗洪救灾共识。"如果我们不能举全市之力，治理好境内的水患，不解除洪水灾害对全市人民生命财产的威胁，我们这一届党政班子就不是合格的班子"。代明同志在常委扩大会议上说这话时坚毅果断的神态，很多人至今还记忆犹新。

　　当年9月，我们就变冬修为秋修，开始大修水利，全面实施防洪规划，大灾之年的大建之举得到了水利部、省政府和长沙市的大力支持，时任水利部部长钮茂生听到我们建调洪水库群的汇报后，认为是全国首创并表态大力支持，省委常委、长沙市委书记梅克保、副省长庞道沐、长沙市市长谭仲池多次到板贝及富岭水库工地、浏阳河大桥扩孔现场和株树桥水库处险工棚视察指导，中央、省、市对浏阳水利建设给予了大量的资金支持。

广大水利工作者、全市干部职工和全市人民对全面性、系统性水利建设更是积极参与和大力支持。我从副市长到市委副书记，历时十年，一直担任水利建设指挥部的指挥长或政委，先后主持了中煅水库扫尾、板贝水库、富岭水库建设，马尾皂、洞阳、横山头、南康、关山、仙人造、梅田、道源、清江等水库的除险加库，浏阳河大桥扩孔、浏阳河城区段疏浚和城市防洪圈之将军路堤滩、株树桥大坝处险、官庄水库浏阳灌区提质改造，万家庄、双江口、槽门滩、宏源闸坝的建设和改造。这些工程历时十年，耗资数亿，工程从征地、施工到运行没有发生大的阻工和群体性上访，没有发现负责干部从中贪污受贿，特别是经人大决议，连续三年全市公务员和事业单位员工每人每年捐献一个月基本工资（除遇天灾人祸者外）作为水利建设资金也没有什么怨言。

我是在浏阳河边长大的，从小一到洪水季节，娭毑就要焚香跪拜，求龙王爷退潮饶命，家里的茅屋土墙上满是斑驳的洪水印记。现在这样的情形一去不复返了，经过我们这一代人的努力，浏阳的防洪标准达到了百年一遇，境内十多年来没有发生大的流域性洪灾，我庆幸当年有很好的领导和同事，有很好的思之即议、议之即决、决之即干、干之即成的工作氛围，变被动抗灾救灾为主动防灾减灾，没有错过大灾大治的大气候，更没有把年年受灾年年救，年年救灾年年灾作为图表现，做样子的秀场。现在偶尔和当年参与治水的同志一道，漫步在浏阳河畔的林荫道上，我们感到特别的快意和开心，我们当年的一议，形成了浏阳根治水患的决策，形成了建重于防、防重于抢、抢重于救的抗灾理念，极大地降减了浏阳洪涝灾害，我们没有愧对养育我们的这一方水土。

感悟在边缘

>>>

时至初冬，大地万木凋零。人近花甲，难免意气消沉。独坐书斋，或品茗静坐，或抚卷遣怀，总免不了泛起些许对岁月、对人生的思索和感悟。

作为一个草根出身的公务人员，对理想，对事业，虽知雄心醉中老，头鬓霜华白，但总有那么一点捣麝成尘、拗莲作寸的感触。从怀揣伟大理想，一切听从党安排的热血青年，基层奋斗、机关拼搏近四十年，铅华洗去、衣带渐宽，不经意间任职年龄到了倒计时！当然有一种凄然四顾、慷慨生哀的感觉。

近四十年的职业生涯，既有过春风得意、信马由缰的风华岁月，也有过天低地窄、水尽山穷的落魄时光，遇到过形形色色管官的官和官管的官，有让你有为有位、大展身手的伯乐，也有那种武大郎开店、比我高的请另找他门的主。但在某种情况下，觉得《徐九斤升官记》中的那几句唱词："说你行你就行不行也行，说你不行你就不行，行也不行"还是蛮有道理的。前些年流行的"不跑不送，原地不动。不送不跑，动也不好"也不仅仅是调侃之词。既入宦海，自任浮沉，穷达易势，不改初心。

反观某区域某时段的政治生态，简直就是腐败分子边腐边升、越腐越升的乐土，由此看来，古人之"有道则现，无道则隐"还是很有道理的。

经历了高压反腐，重磅治贪，面对某些跟出来的、生出来的、跑出来的、炒出来的、买出来的、拐出来的、睡出来的、醉出来的肉食者们纷纷暴雷，极少数漏网之鱼，虽然还未被绳之以法，也已如丧家之犬，惶惶不可终日。特别是看到个别小邦之主搭建施政舞台，采用的四梁八柱也引进"市场机制"，优先袖金夜访者，结果因用枯枝朽木导致舞台坍塌，自己落得个狼狈下场，唯腐官偏爱提腐，非贤者莫能用贤，诚有以也。总觉得这样的舞台中心没必要趋之若鹜，还是远着点好，行走在边

缘不失为远祸之道，若看不惯，则来一声"但将冷眼观螃蟹，看你横行到几时"。君子故边缘，小人边缘斯滥也。

吾居闹市，无须破帽遮颜；偶回乡野，可以作逍遥游。况公职并非人生全部，修身才是处世功夫。既然六十挨边，何不来个花甲重游，另寻蹊途的憧憬！几年前我就请友人书写了一副草堂对联：事国曾为吏，府吏、县吏、乡镇吏也；居家且作童，书童、渔童、老顽童乎。退休以后可以凭着几十年来生活的积累，试着重操曾经挥洒自如的笔，来他个漫卷诗书！把曾经想过、见过、干过，喜欢过、讨厌过、快乐过、痛苦过、欢呼过、忧虑过，追求过、放弃过；品味过、欣赏过、体验过、冲刺过的一切的一切，重新过滤，让他变成美好的文字。但写真情并实事，管他埋没与流传！聊博茶余一笑，仅供饮后闲聊。

抑或邀三五好友，驱车载酒、揽胜寻幽，且歌且舞、且走且休，名山寄迹、秀水登舟，无须摧眉折腰，大可信步昂头，作民间李杜，当市井狂徒……而当茶余饭后，也可于人情世事，评头论足、欲说还休……

何况新的时代政治日益清明，经济空前繁荣，社会全面进步，生活更加美好。如当初没有致力于某些权力围标中的得手，而是用心在百姓心目中的定格，则如今不必因虚度年华而羞耻，更不必为身陷囹圄而悔恨，而当偶尔在微信中回首往事，抒发情怀的时候，还可在朋友圈收获的点赞中得到慰藉！

三代三迁家国事

>>>

儿子从海外学成归来，受聘于上海某大型合资企业的研发中心，且又符合上海市的人才引进落户条件，要把户口从我家所在的长沙迁往上海，这意味着他就有了很多人梦寐以求的大城市户口。于我而言，本来是一件值得庆幸的事情，但我和老伴总觉得离家多年的儿子好不容易学成回来又要背井离乡而且连户口都要从家里迁出，心里总不是滋味。所喜者儿子从小学、中学到大学一直到出国留学包括应聘择业一路过关斩将从没要我们操心，国内本科考的是"985"、"211"双料名校的 A++专业，国外留学上的是有"欧洲常青藤"之称的德国名校，应聘就业是国内同行业中规模最大的中外合资企业。但是在儿子回国之前，我们托朋友帮忙，蒙领导关照已经推荐了省内与其专业相符的最大的一家央企和一家合资企业，且都经过考试落实录用事宜，这两家企业离家都只有半小时车程，任选一家都可既让儿子学有所用，又方便我们享天伦之乐。这个别人都很羡慕的机会硬是被儿子以那个"城市更大、平台更宽、机会更多、薪水更高"的"四更"理论为由给放弃了。哎哟，别说了，说喜也是喜，说愁也是愁，别有一番滋味在心头！

●○　上海风光

时间再往前推 39 年，1979 年是恢复高考后的第三年，我作为应届高
中毕业生参加全国统一招考，被一所中等专业学校（常德供销学校）录
取，那一年的招生政策是应届高中生和社会青年统一报名参考，大学中
专院校按分数和志愿梯次录取，全国综合录取率约 6%，按我的分数本来
可以填报一所大专的师范学校，但以我当时的认知只觉得供销社是要什
么有什么的好单位。接到录取通知后我就可以把粮食户口关系从自己所
在的浏阳县官桥公社簧声大队勒坡生产队转到供销学校，毕业以后再凭
工作分配介绍信转到所在的单位。1977 至 1979 届的大中专毕业生号称新

三届，毕业后正好填补了"文革"十年造成的人才断层，分配都是全民单位、国家干部，说是时代宠儿一点也不夸张。

我和我的父亲拿着录取通知书从生产队到大队、公社再到粮站办理粮食户口转移手续的时候，一路上全是惊羡的目光和赞扬的话语。我爸虽然总是面带笑容，但我从他那偶尔流露出来的眼神中也发现了欣喜之余的失落和茫然，作为父亲，他得到了最想要得到的，也失去了最不愿失去的。作为儿子，我直到今天遇到相同的情境才体会到他老人家当时的感受！哎，此情只可当追忆，长恨当时太惘然！

时间再上溯 29 年，我的父亲和他的父亲之间也有过一场牵肠挂肚的迁移之别。

1950 年，新生的共和国刚满周岁，父辈和祖辈们还沉浸在翻身做主、分田分地的喜悦之中，美帝国主义悍然发动了侵朝战争，把战火烧到了鸭绿江畔，妄图把我们新生的共和国扼杀在摇篮之中，父亲响应党中央、毛主席"抗美援朝、保家卫国"的号召，在"红旗飘，军号响，子弟兵，别故乡"的军歌声中，"雄赳赳，气昂昂，跨过鸭绿江"。人上了战场，命都别在腰带上，也不用迁什么户口。久经战乱的祖父、祖母虽毅然把独子送上了战场，但总担心那美国鬼子的枪子是不长眼睛的！那时候共和国基层的建制和户籍还有待完善，祖母到庙里求菩萨保佑儿子早日得胜还乡时的身份禀告还只得沿用大清年间流传下来的"浏邑西乡二十一都、试心土地、龙兴大王辖内荥阳郑氏门下……"好在三年之后，父亲复员回乡，一家安居乐业，从此再无战乱。

国人安土重迁，这其中很大的因素是因为我们是个历经磨难的民族，

●○　老家门前的浏阳河

●○　长沙夜景

常有内患外侮，人民久经战乱灾荒，不得已而迁徙者多，常遇"积尸草木腥，流血川原丹"的凄惨场景，也常有"乱离人不如太平犬"的颠沛洗离的痛苦感受，这是凶迁。当然，也有攻城略地、升迁赴任、发财致富、兴家置产者的所谓吉迁，偶尔也有"春风得意马蹄疾，一日看尽长安花"；"白日放歌须纵酒，青春做伴好还乡"的销魂之迁。但要离乡背井，别祖抛邻，总感到美中不足，总有一种不舍、不惯、不快的感觉。毕竟故土难移，故友难逢，故地难回啊！当然在祖国交通信息如此发达的今天，迁徙之情也远远没有古人那样地苍凉悲壮，我和儿子虽然是"我住长江头，儿住长江尾"，但下一句可以改成"若是思儿可视频，共饮一江水"了。

吾门三迁，时跨 68 年之久，刚好伴随着站起来、富起来、强起来的节拍，应该是属于喜胜于愁的后者。吾门幸甚！祖国幸甚！

这里长眠着一支工人纠察队 >>>

"血沃中原肥劲草，寒凝大地发春华"。正是春花烂漫，杜鹃如火的季春四月，家乡普迹，美丽的浏阳河畔，人文荟萃的金江书院旁，这座浏西烈士纪念塔与周边这青山绿树、蓝天白云，与塔前这鸟语花香、欢声笑语似乎非常和谐、默契地融为了一体，莫非这今天的家国，已如这些长眠于此的烈士们所愿了？

　　1927年春，国共合作全面深化，北伐战争节节胜利，国民革命如火如荼，湖南省国民政府公布了《惩治土豪劣绅暂行条例》，浏阳工人纠察队拘捕了煽动拒交枪支的普安团总张梅村，但被伪装革命的县警备队长唐秉忠私自放走，这引起了全县人民的强烈愤慨，纷纷要求惩办唐秉忠。县特别法庭于4月2号开庭公审唐秉忠，各界群众控诉了唐秉忠欺压人民和私放张梅村的罪行，通过审判，当即宣判唐秉忠死刑，并予以处决。

　　当革命形势大好的时候，蒋介石公开叛变革命，在上海发动"四·一二"反动政变，随后又指使反动军阀许克祥在长沙发动了"马日事变"。5月21日晚，许克祥率叛军捣毁了湖南省工会、农民协会等中共主导革命机关，解除工人纠察队和农民自卫军武装，释放在押的土豪劣绅，残

酷杀害共产党人及革命群众一百余人，三湘大地顿时乌云密布。这时，曾被唐秉忠放跑的团总张梅村乘机潜回西乡，拉拢一些不明真相的人，拼凑成了保安团，自任团长。6月7日，张梅村带人深夜捣毁了区农民协会，扣押了区农会委员长潘自鹤、区党部书记汤聘伊等人，湖南省工会特派员戴仙岳和浏阳县店员工会委员长王令德奉组织命令率领工人纠察队64人前往营救。他们深夜围击张梅村，救出潘、汤等人。

张梅村逃出后在群众中造谣，说县里开来了一支队伍，见人就杀。他们纠集不明真相的群众包围了工人纠察队，纠察队的同志们见包围者中有很多无辜群众不忍开枪，结果除三人突围外，戴、王等60余人，全部壮烈牺牲，王令德被劈成四块，惨不忍睹！时任中共湖南省委书记的毛泽东得知惨案后曾派人了解情况，后因要集中力量展开秋收起义没有来得及组织对张梅村及其保安团的反击。

张梅村夺得几十支步枪，又得到国民党反动派的奖赏，组建铲共义勇队，更加丧心病狂地镇压革命志士，在"宁愿错杀三千，不愿放走一个"的反动口号声中，数千名共产党人和无辜群众惨遭杀害。现在，建立在普迹镇书院村的浏西烈士纪念塔，碑文上仅有800多名烈士的英名，有很多的无名烈士，包括上述的近60名工人纠察队员，抛洒了满腔的革命热血，连姓名都没有留下！

慷慨悲歌『四浏阳』

>>>

国人尽知"燕赵多慷慨悲歌之士"，因为有"风萧萧兮易水寒，壮士一去兮不复还"的荆轲，有喝断当阳水倒流的铁血男儿猛张飞，有被逼上梁山的豹子头林冲，有血染沙场、舍身报国的狼牙山五壮士……

但是，我今天要理直气壮地说一句"江南不乏燕赵士，慷慨悲歌四浏阳！"因为浏阳有为了忠勇护国，以身殉职的易雄；有为了革旧鼎新，从容赴死的谭嗣同；有为了抗日救亡，壮烈牺牲的彭士量；有在敌人的枪口下发出永不消逝的电波的李白烈士……

易雄（257—322 年）东晋名将。易雄任长沙郡主簿时，恰逢义阳张昌举兵造反，连陷六郡，长沙州官万嗣与易雄被张昌所捋。易雄厉言骂贼，张昌欲杀之，但易雄不为所惧，诘对如初。张昌为其忠直所感，释放了他，易雄因此名噪一时。升为湘州别驾，但他辞归故里。不久，皇家诏下，用为春陵县令。

晋永昌六年春，大都督王敦据武昌，举兵造反，湘州谯王丞要求各处助守长沙，但均畏缩不前。易雄招募县境兵士千人赴湘州御敌。相持数旬。伤亡惨重，易雄被俘，押至武昌。王敦亮出易雄所写的檄文，怒

●○　坐落在浏阳市枨冲镇宋家园的易雄将军墓

目相视。易雄泰然自若地说："此实有之，惜雄位微力弱，不能救国难耳！今日之死，固所愿也！"因此惨遭王敦杀害，死时65岁。浏阳城区西湖山下，其妻潘氏惊闻噩耗，悲痛欲绝，率全家20余口投门前樟树潭而死。满门忠烈，取义从容，浏阳河畔，万古悲风！

谭嗣同（1865—1898年）。1898年9月28日，这是中国近代史上一个极其阴暗而悲壮的日子，参与"戊戌变法"的维新志士谭嗣同、杨深秀、林旭、杨锐、刘光第、康广仁，在北京菜市口惨遭杀害。其实谭嗣同至少有三次机会可以全身而退。

第一次机会来自于父亲。光绪帝授其四品"军机章京"，其父湖北巡抚谭继洵对儿子的处境非常清楚，他曾三次去信对谭嗣同晓以利害，命其退出变法，以避"杀身灭族"之祸。对父亲的规劝，谭嗣同毫不妥协。

●○ 谭嗣同铜像

第二次是在袁世凯告密后，慈禧发动政变，囚帝"训政"，下令逮捕维新派，梁启超劝谭嗣同一起出走日本。谭嗣同执意不肯，他对梁启超说："不有行者，无以图将来。"

第三次梁启超已避日本使馆，日本使馆方面表示可以为谭嗣同提供"保护"，这是最后的机会。谭嗣同坚辞不受并傲然宣称："各国变法，无不从流血而成，今中国未闻有因变法而流血者，此之所以不昌者也；有之请自嗣同始！"

"有心杀贼，无力回天；死得其所，快哉快哉！"谭嗣同在菜市口法场上气壮山河的遗言，似一声声春雷，猛烈震撼着摇摇欲坠的满清朝廷……

彭士量（1904年8月5日—1943年11月15日）。彭士量是国民革命军陆军第七十三军暂五师中将师长，于1943年11月15日在著名的常德会战中，为中华民族的解放事业壮烈殉国，年仅39岁。被列入民政部公布的第一批300名著名抗日英烈名录。

1943年11月初，日军纠集海陆空7个师团约10万精锐部队进攻常德，常德会战爆发。彭士量率暂五师参加石门保卫战，石门是常德前哨，

●○ 彭士量将军遗像

易攻难守，日军对此是意在必得，如果打不下石门，北面日军整整四个师团都不能南下常德。暂五师进驻阵地后，师长彭士量当即命令部队构筑工事，补充弹药，并号召全师将士与阵地共存亡，决心同敌人血战到底。

11月6日，日军以两个完整师团的精锐部队，在优势火力的支援下分三路合围石门，彭士量将军指挥暂五师将士顽强抵抗，坚守县城，但因寡不放众，伤亡惨重。

11月8日，日军第三师团、第十二师团包围了石门，并在日本空军的配合下开始猛攻石门县城。密集的日军像潮水一样涌向我防线，彭士量将军知道部队已陷入日军重围，仍临危不惧、沉着应战，将进攻的日军一次又一次地击退。

14日晨，日军与暂五师在川店铺、双溪桥一线展开激战，敌军多次猛扑均未得逞，这时日寇疯狂到极点，竟违反国际禁令，施放毒气，致使暂五师在红土坡的一个加强营近千人全部壮烈牺牲。县城北面防线被敌人突破，部分日军趁势进入城内河街，彭士量率兵巷战，将窜入之敌全部歼灭。入夜，日寇围攻更激，城池被炸火光冲天，阵地几乎全毁。敌人又以云梯攻城，局势危急，彭士量亲自到西城巡查，谕官兵死守，并电呈上级："决与石门共存亡。"

15日晓，敌人几度攻城均被暂五师击退，此时彭士量他们已连续苦战了八昼夜，部队伤亡过半。下午3时许，几处城垣忽被突破，暂五师余下的官兵继续在城内与敌展开残酷的肉搏战，彭士量身先士卒，街、巷、民房皆成厮杀战场。

当完成掩护七十三军撤退任务后，暂五师于15日黄昏奉命撤出石门，但此时日军已在澧水对岸布阵封锁。暂五师在渡河时立即遭到围击，彭士量师长亲自指挥残部，奋力冲突，不幸在南岩门口被敌飞机机枪射中，壮烈牺牲。据幸存的警卫人员报告，彭士量中弹倒地后，慨然叹道："大丈夫为国家尽忠，为民族尽孝，死何憾焉！"身受重伤仍喊杀不绝，忠勇之气感动在场的官兵，立誓要为彭士量报仇。暂五师从14日夜晚到15日黄昏激战一天一夜，该师从师长到士兵几乎全部阵亡，仅有极小部分人员强渡澧水突围成功。

暂五师坚守石门八昼夜，以全师官兵几近伤亡殆尽的代价，消耗了日军大量兵力，拖延了日军进攻常德的时间，使驻守临澧、澧县、桃源、常德的军队得以充分准备，使常德会战赢得最终胜利。

"为国家尽忠，为民族尽孝，死何憾焉！"多么气壮山河的就义词啊！正是千千万万像彭士量这样的热血男儿，用他们的铮铮铁骨，敲响了日本军国主义的丧钟。

李白（1910—1949年）。1958年，为了纪念在上海长期从事党的秘密工作的共产党员李白，八一电影制片厂以他为原型，拍摄了电影故事片《永不消逝的电波》。电影中的李侠对党的事业无比忠诚，临危不惧，坚贞

●○　李白烈士塑像

不屈，为革命英勇献身的事迹，真实地再现了共产党员李白烈士的一生。

李白，1910 年 5 月出生于浏阳，1925 年加入中国共产党，1930 年秋参加红军，1931 年 6 月，被部队选送去瑞金红军通信学校学习，开始从事党的通讯工作，是红军早期的报务员之一。结业后分配到红五军团 13 军任无线电队政委，后调任军团无线电队政委，长征后调任红四军无线电台台长。

抗战爆发后，党中央派他先后到南京、上海等地建立秘密电台。李白化名李霞，在日本侵略军、汪伪军警特务和流氓控制严密的南京、上海，他冒着极大危险，克服种种困难，担负起京、沪党组织与党中央的秘密电台联络工作，架起南京、上海和延安的"空中桥梁"。

1939 年春，党组织安排女工出身的共产党员裘慧英与李白扮作假夫妻掩护电台，开展工作。两人在共同的革命斗争中产生爱情，第二年秋经党组织批准结为夫妻。

太平洋战争爆发后，日军进占了"租界"，秘密电台的处境更加艰难。1942年9月，日军宪兵队逮捕了李白夫妇。他在酷刑前经受了考验，严守了党的秘密，一口咬定自己是"私人商业电台"。敌人找不到任何线索，党组织也多方营救，次年5月，李白获保释。

1944年秋，他打入国民党国际问题研究所做报务员。他化名李静安离开上海，往返于浙江的淳安、场口和江西的铅山之间，利用国民党的电台，为党秘密传送了日、美、蒋方面大量的战略情报。

抗战胜利后，李白夫妇回到上海，从事与党中央的秘密通讯工作，他凭着坚定的革命意志和精湛的业务能力，机智地与敌周旋，将党的地下组织搜集的国民党军的各种情报，通过电波传送到解放区。

1948年12月30日凌晨，在与党中央电台通报过程中，被叛徒和国民党特务机关侦测出电台位置，在非常危急的情况下，他令妻儿转移，自己拍发出最后的情报，将底稿咽下，然后在敌人的枪口下，发出了永不消逝的电波："同志们，天快亮了，我被捕了，很想念你们。"在被捕后的四个多月里，他遭受了严刑拷打，残酷逼供，但始终坚贞不屈，敌人始终无法从他口中得到任何一点想要的信息。

最后蒋介石对李白案下达"坚不吐实，处以极刑"的命令。1949年5月7日，离上海解放仅20天，李白遭国民党特务秘密杀害，牺牲时年仅39岁。他用滚烫的热血，染红了共和国的朝霞。

英雄血染杜鹃红

>>>

老子本姓天，住在黄茅尖。

白天冇一个，晚上千数千！

这是至今仍在浏阳西乡一带流传的红军歌曲。这是当年红军战士凭借山地与国民党反动派开展游击战的真实写照。黄茅尖处在湘赣交界的罗霄山脉的北段，与北边的大围山和南面的井冈山遥相呼应，离省会长沙的直线距离不足五十公里。当年工农红军以山地为纵深开展革命斗争的星星之火很容易在这里形成了燎原之势，同时，国民党反动派以长沙为大本营的疯狂反扑，这里也是首当其冲。

这里有当年传播革命火种的金江书院，书院创办于1872年。1920年7月，毛泽东在长沙创办了文化书社，利用进步书刊宣传新文化和马列主义，革命青年陈章甫在金江书院进步校长黄谱笙的支持下在这里创立"浏西文化书社"，积极翻印和推销《向导》《新青年》等革命刊物。毛泽东亲自送来梨木印板一套。1922年，学校老师中已有夏明翰、陈章甫、陈作为三名共产党员。10月上旬，中共浏阳第一个党支部——金江学校特别支部成立，当年这里成了传播革命火种，培养进步青年的场地，老一辈革命家宋任穷、抗日名将潘玉昆、彭士量就是从这里走出的，宋任穷和潘玉昆还是同班同学。

国民党反动派对风起云涌的农民革命恨之入骨，动用反动军队和地方反革命势力对其进行疯狂镇压，反动势力当年在"宁愿错杀三千，不愿放走一个"的反动口号下，在这里杀害的共产党员和无辜群众就达数千之众。普迹保安团团长张梅村曾抓到一个年仅十多岁的乞丐，从身上搜出一盒火柴，经点数是28根，合着共产党的共字（廿八），便将其残忍杀害。现在，建立在金江书院旁的浏西烈士纪念塔，碑文上仅有800多名烈士的英名，有很多的无名烈士，抛洒了满腔的革命热血，连姓名都没有留下！当年反动派镇压革命志士的残酷惨烈可见一斑。

在众多的革命先烈中，有一位红军早期将领潘虎，他的经历颇具传奇色彩。

潘虎原名潘昌秋，1900年7月25日出生于湖南省浏阳县官桥乡会同村一个佃农家庭（与抗日名将潘玉昆将军同乡同宗）。他从小替地主放牛，稍大便扶犁掌耙，长得膀大腰粗，气力过人，讲话虽然有点结巴，却声音洪亮，虽然没读过书，但深明事理，正直坦荡，村里人都亲切地叫他"潘老虎"。

1926年春夏之交的一天，唐生智的部队到浏阳西乡招兵，潘虎和村里的几个青年人应召入伍。5月初，所在部队遭到直系军阀吴佩孚部叶开鑫部队的攻击，从长沙退往湘南。潘虎所在第二营路过株洲时与吴军遭遇，战斗中，排长阵亡，潘虎因作战英勇取而代之。

5月中下旬，叶挺独立团作为北伐先遣队挺进湖南，与唐生智部汇

●○　圆圈内为邓洪同志

合，挫败了北洋军阀进击衡阳、"征服全湘"的计划，随后唐生智加入北伐军行列。潘虎随军参加了北伐。在攻打长沙、岳阳等战斗中，潘虎率部英勇战斗。攻克武昌后升任连长，与营长林国玉（中共党员）结下了深厚的战斗友谊。

1927 年 5 月 21 日，许克祥在湖南发动"马日事变"，血腥屠杀共产党员和革命群众。6 月下旬唐生智回湘，大肆清查部队中的共产党员，扣押营长林国玉。潘虎见这个队伍连林营长这样的好人都容不下，于是负气离队，带枪回乡。

1930 年春，湘鄂赣苏区进入全盛时期，浏阳东乡一带苏维埃政权相继建立。深受林国玉熏陶的潘虎觉得应像东乡红军那样轰轰烈烈干一场。他秘密联络十多个贫苦农民，以"劫富济贫"为旗号，组建"红军游击大队第一队"并自任队长。首先，他们夜袭恶霸地主庄园，缴获一些枪支和一些粮食。接着又攻击了普迹团防局，查抄了几户奸商。他们所到之处，贫苦农民欢欣鼓舞，地主恶霸闻风丧胆。游击队将没收的钱物除小部分留作经费外，其余分给贫苦农民。潘虎一时威名大振，队伍很快扩展到 100 余人。

然而，这支队伍毕竟是一支自发农民武装，成员多是农民、工匠。他们不懂政策、纪律，而且封建迷信思想严重，连军事行动都由一老者卜卦决定。一天晚上，潘虎又卜了卦，说近日有探子前来。便派人四处侦查，想把探子除掉。第二天，正巧共产党员邓洪（原名郑子卿，毕业于金江书院，因革命需要化名邓洪，此后终身使用化名）装扮成钟表匠，途经会同村去醴陵活动，被当作敌探扣押。

当时地下党组织制定了一些联络暗语。邓洪被审讯时使用暗语潘虎却全然不知，只是下令将他吊起，用竹片拷打。邓洪知道一时难以脱身。他忽然想起认识当地一位钟表匠，便叫潘虎找来对证。正好这个钟表匠就在队伍里。潘虎这才相信邓洪是自己人。于是，潘虎马上下令松绑，摆酒压惊，赔礼道歉，并真诚地留下邓洪为他掌舵。

从此，这支游击队划归浏阳第十六区党组织领导，由潘虎，邓洪分别担任队长和党代表，成为真正的红军游击队。

在邓洪的领导下，部队进行了整编整训，政治和军事素质大大提高。潘虎同志也投入到党的怀抱中。

整训结束后，潘虎率队参与攻打驻扎官桥的敌人。他率部担任主攻，一举消灭守敌一个营。不久，组织安排潘虎担任新成立浏阳赤卫军第五师副师长兼机械连连长。

7月底，红三军团攻克长沙，潘虎带了两个营的赤卫队员守卫在浏城桥一带。他严格要求部下：不准私带一枪一弹、一针一线。他们白天巡

逻、宣传，晚上站岗放哨，出色地完成了维护城内秩序的任务。不久，由政委邓洪和师长李猛介绍，潘虎加入了中国共产党。随后，他率部参加了湘鄂赣苏区的第一、二、三次反"围剿"战斗。战斗中，他充分表现了英勇善战的指挥才能，他的名字威震湘东。

1931年冬，浏阳赤卫军第五师一部被编入湘鄂赣独立第一师，潘虎仍任副师长。为了扩大红军，巩固井冈山革命根据地，上级安排浏阳选送2000名青年入伍参战。潘虎负责将这些新战士安全护送到中央苏区。当时浏阳山区已是冰封雪盖，敌人又在沿线层层设卡，加之新战士第一次远离家门，个中艰苦可想而知。在通过黄茅尖时，潘虎因扶救一名新战士，滑到山下，左腿负伤，鲜血直流，他草草包扎了一下，又带

领队伍继续前进。当他们行至江西萍乡芦溪镇与宣凤镇之间时，突遇大批敌人的阻击。紧急关头，潘虎派两个排带领新战士撤到山里，自己则带一个排牵制敌人，**掩护**主力撤离。敌人来势凶猛，很快对他们形成包围。潘虎沉着指挥，奋力冲杀，终于掩护主力部队脱离了险境，而他却不幸被一串机枪子弹击中，壮烈牺牲，时年 31 岁。

革命胜利后，潘虎同志的搭档——当年红军游击队政委邓洪，先后任中共江西省委委员、省政府建设厅厅长、省农林厅厅长、江西省副省长、第四届全国政协常委。他在工作之余创作革命回忆录《潘虎》一文，详细记录了他和潘虎同志当年一道从事革命斗争的英雄事迹。该文编入毛泽东唯一题写书名的大型革命回忆录丛书《星火燎原》并选入中学课本，成为脍炙人口的红色经典。后来上演了家喻户晓的革命样板戏《杜鹃山》，人们都视他们两人为剧中柯湘和雷刚的原型，这事在党史界也曾有定论（见《湖南党史》月刊 1989 年第 4 期）。

近年来，关于杜鹃山的原型也出现有多种版本，家乡的有识之士也在据理力争。愚以为从纪念革命前辈、发扬革命传统、开展红色旅游、发展家乡经济的角度看，打造红色景点确实有此必要，但大可不必与其他地方去做非彼即此之争。《杜鹃山》原本就只是一部文学作品，其生活原型可能是单一的也可能是复合的。革命前辈当年出于解放人民，造福人类的初心，连身家性命都置之度外，何曾在乎过一己一族，一乡一地的小名小利啊！一部中共党史，是多少先烈们的热血写成！应该说，只要是染红过烈士鲜血，开放着血红杜鹃的山岭，都是我们应当无限敬仰、永远歌颂的杜鹃山！

在仙人打卦的地方 >>>

大自然以它神奇的魅力把山山水水塑造得千姿百态，人们也发挥丰富的想象力赋予它们神奇的色彩。浏阳社港谷田村境内的龙洞山就是以其明显的断层地貌而得名。又因为这座山的两侧各有一块巨大的红页岩，酷似一对占卜的卦，不知哪一朝哪一代的高人学士便给它取了个"仙人打卦"的美名。后来人们围绕这个美丽的名字，创造了许多美丽的传说。20世纪40年代，祖住此地的周奇怡先生家的"锦泰昌"商号，成了社港集镇的商业巨头，这块风水宝地就更显得物华天宝、人杰地灵了。人们传说他每做一宗大的买卖，都在这"仙人打卦"的地方求神问卜，因而生意兴隆，财源茂盛。

　　1983年11月28日，作为周奇怡同志生前所在单位的代表，参加他老人家的追悼大会，我来到了这里。

　　啊！果然名不虚传。小桥阡陌，虽是人为，却似天公造化；奇山秀水，即是天设，倒也趣味横生。龙洞似见蛟龙腾天之影，卦儿如闻圣卦落地之声。但是，这"仙人打卦，万事皆知"的传说，却使我产生了大大的疑惑，那是在了解了亡者的生平事迹之后。

解放初期，垄断社港商界南杂百货生意十多年之久的"锦泰昌"老板周奇怡先生，在一片如意算盘声中，怎么会料到国家会对工商业实行社会主义改造，要开展什么公私合营呢？

"文化大革命"时期，基层供销合作社职工周奇怡同志，在紧张而愉快的工作中，怎么会想到因其剥削历史而被清理出阶级队伍，开除回乡呢？

1979 年初，在农村劳动改造，自食其力的周奇怡老人，在荷锄耕作的时候，在病榻上呻吟的时候，怎么也想不到组织上会为他平反昭雪，会发给他退休工资，给他公费医疗啊。

周奇怡的儿子周秋伏，1959 年毕业于某工业学校高级班，毕业以后分配到洪山殿煤矿检验科工作，正当他为祖国建设添砖加瓦的时候，怎么会想到因为家庭出身而被清理回乡呢？回乡以后，妻子都跟他离了婚，周秋伏一介文弱书生，肩负繁重的体力劳动和沉重的精神压力。听说有的同事陆续落实政策恢复工作，他也在苦苦地盼望着落实知识分子政策的春风啊，你能够翻越崇山峻岭，吹到这"仙人打卦"的地方来吗？

1983 年春天，周秋伏接到平反通知回矿上班，两个儿子也招工入职。这是他多年来梦寐以求的好事啊。

周奇怡一家人几十年来出人意料的悲欢离合史，非但没有成为"仙人打卦，万事皆知"的佐证，相反雄辩地告诉着我们，历史是不以人们的意志为转移的，更不能为什么"仙人"所左右。到"仙人打卦"的地方去求神问卜的善男信女们哟，去问问新楼房里的周家娭毑吧，她会恳切地告诉你，真正的"仙人"是共产党。

2008 冰雪灾害中的长沙"公佣"

>>>

近日长沙天气进入静稳状态。气象专家解读是水平方向风速小，污染物不易扩散，垂直方向的层次比较稳定，大气低层和中层垂直交换较少。在这么一种看似平静却沉闷得让人窒息的环境中，我的心情却达到了一种静水流深的境界，加之处于年龄渐近花甲，工作和生活环境即将转变的换挡期，很容易产生对逝去岁月的追怀，我情不自禁地想起了2008年那场惊心动魄的冰雪灾害，想起了与之作艰苦斗争的长沙市公用事业系统的同志们。

当年我们系统的同志们喜欢戏称自己是"公佣人"，意即城市公众的佣人。我们负责管理和运营城市的公交车、出租车，供水、排水和污水处理系统，液化气、天然气供应事业。简称为"两车、两水、两汽"。这"三个两"，虽然都有着明显的产业属性，但却是与市民生产生活息息相关的公益事业。由于城市扩容步伐的加快和公共设施建设的相对滞后，风调雨顺的时候都难以完全保障，更何况又遇到了一场突如其来又前所未有且旷日持久的冰雪灾害。我们"公佣人"在灾害中坚守着"宁愿自己吃苦受累，不让市民着急为难"的职业信念。

雪灾从元月中旬开始，首当其冲的是公共交通系统，随着降雪加剧，路面结冰，汽车启动、制动都很困难，司乘人员都是徒步上下班，且有多人摔伤，司机严重不足。1月19日下午，红光巴士915线年仅39岁的司机周泽良，为同事代班开车，经过城南路和韶山路交汇处的时候，因劳累过度，突发心梗，临终前还使尽最后的力气稳踩刹车，保住了几十位乘客的生命安全，成为长沙市抗冰救灾的第一位烈士。

自来水、天然气的运行也是状况百出，平均一天之内有十几处管道爆裂。这些管道多年深埋地下，有的当年连图纸都没有留下，一旦爆裂要先停供开挖再根据下面的状况拿出方案实施抢修，所以从领导到施工人员都必须在现场一线实施指挥和抢修。冰天雪地，呵气成冰，局领导班子成员，公司负责同志都和职工们一起战斗在工地上，吃盒饭、喝凉水成了典型的工作标配，红肿的手背、毛发上的冰碴成了"公佣人"的明显标志。我和吉邦同志作为书记和局长，也只能从民政局借来几十顶救灾帐篷，送到抢修水、汽管道的工地上，为同志们临时遮一遮雪，挡一挡风。

转眼十年，时过境迁。长沙市公用事业局早已在机构改革中撤销，"三个两"的几十家公司也分别划归不同的部门管理，但要感谢万能的微信，我们还保留了一个共同的精神家园——公佣岁月微信群。我们经常在这里共同把玩用温情和斗志一起走过的"公佣"岁月，共同追忆用心血和汗水凝聚的冰雪精神。

含泪叫一声，天堂里的爸爸 >>>

我的父亲郑美武，生长在战乱频发、民生凋敝的旧社会，从小过着"乱离人不如太平犬"的日子。兵荒马乱之中，在祖辈的操持下，他居然完成了高小的学业，而且还学了一门木工手艺。

新中国成立的时候，他已是一名爱党爱国的新青年，身为独子响应"抗美援朝，保家卫国"的号召，毅然参加了中国人民志愿军。复员返乡后，又投身家乡的手工业合作社。

父亲本是我的堂叔。我是在他30岁的时候出继给他为儿的，当时我出生才八个月。我的童年，是在祖母和父亲的呵护下度过的。我曾写过一篇《嫉驰的蒲扇》怀念我的祖母。

祖孙三人相依为命，父亲便是顶天的梁柱。可偏在他40岁的时候，得了当年很难治愈的肺结核病！一家人是在人民公社的救济下，才度过了贫病交加的艰难岁月。个中辛酸苦辣，我至今既不堪回首又不忍言表！

当年常有饔飧不继之忧，也有读书无用之说，但父亲恪守"穷不丢书、富不丢猪"的家训，硬是拆屋卖梁供我读上了高中。而当恢复高考，我通过考学参加工作、结婚生子，多年来由责任支撑而在病中挣扎的父

●○　我的父亲

●○　父亲留下的抗美援朝纪念章

●○　浏阳七中老校门,父亲担着米送我入学的情景仿佛就在眼前

亲，却已是油尽灯枯，凄然离我而去，终年仅 61 岁。

当时，我和泪为他写下的挽联是："少壮离家、赴国难、抗美援朝、保家卫国，万里山河曾纵骋；中年染疾、赖党恩、疗医服药、起死回生，一春花甲幸重游"。

爸爸，在您离开我们的 25 个年头中，每到节日或夜深人静的时候，我的脑海里就会浮现您亲切慈祥的影像。因为，是您以病患之躯、单亲之家，含辛茹苦把我养大成人，持径守训教我怎么做人！

此时此刻，父亲节前夕，含泪叫一声天堂里的爸爸！我已泣不成声！

如果说岁月如歌，今天，我要登上您曾背我爬过的这座高山，为您放声地唱上一曲当哭的长歌！如果说时光似河，今天，我要纵身跳入您曾带我游泳的这条名河，潜入浪静流深的河底，去打捞此生唯一且不再重来的父爱……

写于 2016 年父亲节前夕

修改于 2017 年父亲节

当年浏阳县委大院那些事
>>>

初夏的长沙阴雨连绵，寒蝉凄切，正是柳词中"千里烟波，暮霭沉沉楚天阔"的景致，忽闻老领导刘建芳同志逝世的噩耗，更生"多情自古伤离别"的心境。是啊，这几年，绍春、贤近、寻越等可亲可敬的老领导先后离开了我们！"君埋泉下泥销骨，我寄人间雪满头"，我这个三十年以前进入县委机关的小伙子如今已两鬓斑白了，每当回忆起当年在大院里工作和生活的往事，总不免心潮起伏，思绪万端。

当年的县委机关大院可不是《人民的名义》里那样凭什么政治资源搞近亲繁殖，是可以称得上真正的五湖四海。就像我一个基层供销社的统计员，既没有经过什么烦琐的考录程序，也不用打通什么微妙的人脉关节，仅凭一次征文获奖就由时任县委办公室副主任的仲池同志推荐调入了。就连老家与我同村的县委书记绍春同志都是在我调入机关工作了一段时间后才认识的。当然，亲不亲，故乡人。这以后的几年里，每到腊月二十四，机关不放假，食堂也不会餐，绍春书记就要我把办公室里几个还没成家的乡里伢子叫到他家吃小年饭，徐姨亲自为我们做一桌好菜，几个刚进机关的青皮后生，能够闹到县委书记家里胡吃海喝，那是

什么样的获得感哟，牛吧？

机关种有柚子、柑橘、金橘等水果，春夏之交花香扑鼻，夏往秋来果满枝头，加上古香古色的建筑，确有庭院深深的感觉。一到初冬，趁着暖阳，行政科便组织青年干部把果子摘了，按人头分给机关干部，大家拿回家里，院子里的孩子们高兴得手舞足蹈，爽吧？

当年每到寒暑假期，机关的老同志便把各家各户的小孩子集中起来，免费搞夏令营、办冬训班，开展各项有益于儿童们身心健康的活动。这张老红军给小朋友讲革命故事的照片中，老红军孔佛生是陈毅元帅的通讯员，照片以《革命传统代代传》为题，先后登上《长沙晚报》《湖南日报》和《人民日报》的头版啊，棒吧?

现在的县委大院早已搬了，已开发成了商业综合体。我们来到这里，再也找不到从前的踪影，但在我的心里，有一个永远温馨雅致的县委大院，有一群永远和蔼可亲的领导、同事、朋友和家人!

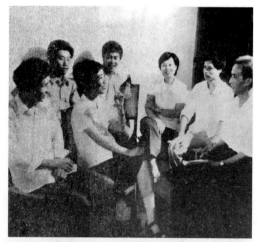

他是《杜鹃山》中
　　柯湘的原型

我们浏阳西乡郑家有一位文武双全的传奇英雄郑子卿，可查遍所有的资料，都是："邓洪，湖南浏阳金江人，江西省原副省长。中共七大、八大代表，曾用名郑子卿。"原名变成了曾用名，更有甚者，说他本名邓洪，曾用名郑子卿，后改回本名邓洪。这让我们同堂族人很是不爽。好在在家乡家喻户晓，也没有什么邓氏族人来争。

郑子卿毕业于浏阳有名的金江书院，与老革命家宋任穷、抗日名将彭士量、潘玉昆等是校友。金江书院当年是个进步学校，是浏阳第一个中共支部的诞生地，革命烈士夏明翰、陈昌甫、陈作为，进步人士皇甫笙、肖佑芝（其中陈昌甫、肖佑芝是毛泽东在湖南第一师范的同窗好友）都曾在此任教。郑子卿在这里受到了进步思想的熏陶，以至于多年之后荣归故里，还与族兄同学郑炳卿一同唱起在这里学会的充满革命激情的修环校马路歌：

修我们的马路，

贯彻我们的精神，

●○ 当年红军走过
的浏阳山区的
石级小路

●○ 《第一个风浪》封面

怕什么寒和暑，雨和风，

拿起我们的锄头、铲子，快来做工。

怕什么高和低，土和石，

凡阻碍我们的，就要把它铲平！

大家起来，大家起来，

做一个真正的劳工！

郑子卿早年在家乡从事农民运动，1926年起历任湖南浏阳西乡五十四乡农民协会裁判长，1927年加入中国共产党，1930年参加赤卫队，任政治委员。1934年1月至1935年，任湘鄂赣省苏维埃政府保卫局局长。1934年1月至1937年12月任中共湘鄂赣省委委员、常委。1934年11月至1937年12月任湘鄂赣省苏维埃政府委员、主席团成员、省苏维埃政府主席。

在秋收起义文家市会师纪念馆的展厅里，陈列着这么一个钟表修理箱，箱内被分成若干格，分别装着铁钳、铁钉、铁棒、小木棍、毛刷等修理工具，箱盖上写有"郑子卿"的名字。这是他当年从事地下工作时传递革命情报的工具。为了不暴露自己交通员的身份，郑子卿在钟表修理箱的抽斗下面加了块底板，底板下预留了一个空隙，秘密文件就藏在空隙里面。即使半路遇到敌人盘查，把抽斗取下来，也发现不了里面的暗格。就这样，郑子卿在秋收起义中完成了一个又一个的艰巨任务。

新中国成立后，郑子卿历任中共江西省委委员、省政府建设厅厅长、省农业厅厅长、厅党组书记、省农林厅厅长、厅党组书记。1956年11月

●○　杜鹃山剧照

至 1965 年 3 月任江西省副省长，1959 年加入中国作家协会，是第四届全
国政协常委。1969 年因病逝世。

　　新中国成立后，家乡父老曾劝郑子卿改回原名，他说投身革命即天
下为公，不是为了一家一姓，更不是为了光宗耀祖。他以自己亲自参与

革命斗争的经历为题材出版回忆录《第一个风浪》一书，其中《潘虎》一文选入毛泽东题写书名的大型革命回忆录丛书《星火燎原》，并被列入中学课本，文章中有个"抢一个共产党员引路向前"的赤卫队长潘虎，而郑子卿就是那个被潘虎抢去的党代表。后来《潘虎》被改编成革命样板戏《杜鹃山》，他和潘虎分别为柯湘和雷刚的原型。不过由于众所周知的原因，党代表变成女性而已。为了革命，他改了姓名，在史无前例的"文化大革命"中，又"变"了性别。

近年来早有定论的关于《杜鹃山》的原型也出现有多种版本，家乡的有识之士也在据理力争。愚以为从纪念革命前辈，发扬革命传统，开展红色旅游，发展家乡经济的角度看，确实很有必要，但与其他地方去做非彼即此之争，确实没有必要。革命前辈当年为了信念连身家性命都置之度外，何曾在乎过一己名利啊！一部中共党史，是多少先烈们的热血写成！仅家乡浏阳，新中国成立后第一次革命烈士普查，登记在册的烈士就有14700多名，以至于20世纪80年代编纂县志，上级要求将烈士英名编列于内，因篇幅太长，浏阳只好单独出版一本烈士英名录作为副本，还有成千上万的无名烈士长眠在浏阳的青山绿水之间。这可是在共和国的初创阶段，家乡人民用鲜血和头颅投下的"原始股"啊！

所幸近年来家乡的经济飞速发展，已经挺进了"全国县域经济二十强"，正在向"前十"迈进。当年革命者的初衷是为人民谋幸福，今日浏阳的发展成就足可以告慰革命的先辈、先烈和先贤们了！

娭毑的蒲扇

>>>

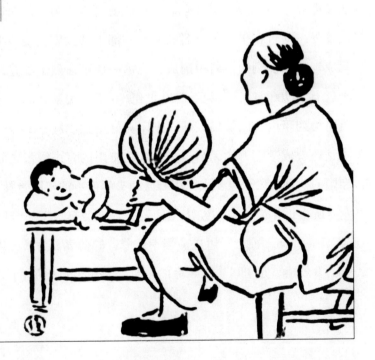

我儿时的热天基本是在娭毑（祖母）的蒲扇底下度过的，于我而言，娭毑就是慈母。因为我出生刚八个月就被单身的养父领养为儿，组成了祖孙三代的三口之家。父亲又有重病在身，娭毑是个年届六旬的家庭主妇，以她特有的坚毅和柔情苦苦支撑起这个濒临破落的家，她把希望的目光全神贯注在我的身上。

●○　儿时的作者

我家住在浏阳河的南岸，门前是一条从普迹到镇头的沿河古道，家里只有三间木架茅屋，屋檐稍伸构成临河的凉亭。一到热天的上午和傍晚，娭毑便带着我在凉亭乘凉，下午因为避晒自然要到屋后的井边，虽

然没有了河风，但还是有点山泉带来的凉气。不管是凉亭里还是古井边，总有一些过往的行人进来歇凉躲雨，有的是来弄碗茶喝，娭毑总是笑脸相迎、热情相待，尤其是当来人夸她膝下的孙儿时。

娭毑有时把我搂在怀里，有时让我睡在竹床上，右手总是握着一把蒲扇。这把蒲扇要么为我赶走来袭的蚊子；要么帮我挡住从树荫里漏出的刺眼阳光；要么遮着斜飘过来的雨滴，但更多的是刮来断断续续的清凉的风儿。那风儿吹干我的泪滴、吹开我的笑靥、吹拂着我幼小的心灵！

伴随着河里船工的号子、路上车夫的"啊喂"，伴着习习的风、沙沙的雨，也伴随着歇脚行人的闲话村聊，蒲扇下的我知道了茅屋外面的事儿。知道了梁山聚义和岳母刺字，知道了关公曾经在附近捞刀饮马，知道了黄兴曾经在这里集合农军，知道了秋收起义和万里长征，也知道了抗日和"土改"。

如今，走过南北西东，在村、镇、县、市都干过的我，家里、车里和办公室均装有良好的空调设备，但一到热天，我最想念、最留恋的还是娭毑的蒲扇！

娭毑离开我们已经30年了。今年是她110周年诞辰，我除了给她烧些纸钱，就是按照她老人家生前的教诲做事做人！

娱驰的哲理

>>>

我的嬭馳欧阳谷清于 20 世纪初出生于一个穷苦的农民家庭，没有读过书。但她生长在人文荟萃的浏阳河畔，受到了浓厚的湖湘文化的熏陶，特别是家乡的小镇是有名的花鼓集镇，花鼓戏文里深入浅出的人生哲理都深深地融入到她的血脉之中。以至于她能在艰难困苦的人生道路上始终沉稳以对，坚毅前行，并且深深地激励和鞭策着晚辈。

　　我的儿时是在物质生活极其匮乏的 60 年代中度过的。刚刚步入学堂的时候，我对少数同学的新衣羡慕不已，总是吵着嬭馳要买新衣，全然不知家里一日三餐都难以为继。嬭馳虽然对我的无理要求很是为难，但她没有大动肝火，更没有以"家法（棍棒）"伺候，而是用生动形象的戏文开导我：鸡公照不得马走路，马叫顶不上鸡打鸣。你现在是明学问、长知识的时候，不要跟人家比穿戴，要跟人家比成绩！只有现在努力学习，将来才会成为对国家、对社会有用的人才，自己的生活水平也不会比别人低。

　　自那以后，我一心扑在学习上，几乎每个学期都保持着班上的头名，嬭馳尽力在确保温饱的前提下给予一些奖励，直到 70 年代末恢复高考，

●○ 作者的娭毑欧阳谷清

我顺利地升学录干，走进了公务员队伍。

哲人说：人生的道路虽然漫长，但要紧处只有几步，尤其是当人年轻的时候。我很幸运，因为我虽然从小过继，失去母爱，但有一个虽是文盲，却深明事理的娭毑！

这么多年来，尤其是世风日下、物欲横流的那些年，我遵循娭毑的哲理，不跟别人比地位、比身价、比金钱，只跟人家比心境、比作为、比身体，坚守住了属于自己的这一份清静与安宁……

深情款款话李昭
——谨以此文悼念李昭同志 >>>

李昭奶奶是耀邦同志的夫人。我在家乡浏阳工作时几次拜访过她老人家，虽然时间过去了十多年，但她老人家的音容笑貌仿佛仍在眼前。

北京会计司胡同那座古老的宅院，是我们浏阳历任领导常去的地方，虽然耀邦同志已经离开了我们，但李昭奶奶和德平、德华等经常热情地接待家乡的客人。她有时和我们谈谈家乡的发展，有时向我们问问乡亲们的生活，偶尔也为事关浏阳的重大项目献计出力（如为浏阳花炮的上市就找过时任副总理的家宝同志），但谈得最多的还是耀邦同志，谈他锐意改革的坚定意志；谈他公正廉洁的政治品质；谈他实事求是的工作作风；谈他豁达睿智的个人风采。

在与她老人家的交往中，我对她的两个细节印象特别的深刻：一是当我们那并不标准的普通话还带着浓重的浏阳口音，工作人员听不太懂的情况下，她总主动"翻译"并露出会心而慈祥的微笑；二是每当我们离开的时候，她老人家都要走到门口，目送我们上车，相互挥手致意之后才转身进屋，不管是数九隆冬还是炎炎夏日。这谈笑之中，这挥手之间，分明是对耀邦同志的深深眷恋！分明是对家乡人民的款款深情！

大爱"无情"忆耀邦 >>>

作为耀邦同志的浏阳老乡，且曾长期在家乡的党政机关工作，我与他的夫人、兄长和子侄都有过接触。在他老人家诞辰来临之际，确有不少往事涌上心头，但我感受最深的还是他对家乡，对亲人的那种"无情"。

1961 年 11 月，他竟折价 24 元退回了家乡大队支书千里迢迢送去的冬笋和芋头。1982 年，他又把已经被岳阳一工厂招工的侄子胡德资劝退回乡务农。近见其孙女回忆，连小孙子发病高烧用一次公车送医院他都大动肝火，可谓"无情"到家了吧。这些都还在情理之中，毕竟情出于私。更有甚者，80 年代初期，胞兄胡耀福受家乡县委之托请他为县里批点紧俏物资——化肥，都被他严词拒绝："革命老区搞建设，应该支持，但要按程序报告上级有关部门。我不是家乡的总书记，不能为家乡谋特殊利益。"胡耀福说："我是老区人民要我来的，又不是为自己，要是我的事，绝不来找你！"耀邦还是斩钉截铁地回答："那也不行！"这样的回答近乎绝情！让我很长时间不能理解。

然而日月经天，江河行地，三十年后，当我们看到党内揪出的腐败分子一人得道，鸡犬升天，衙内、公子为非作歹无所不用其极，家乡和工作过的地方倾斜照顾的程度令人惊讶。此时我才深深体会到为什么当年十里长街黑纱如潮，悲泪如雨！为什么至今人们还把耀邦称作共产党人的良心！

正是耀邦毅然割舍了对家乡、对亲人的私情，成就了对党对人民的大爱！他才能永远以清正、廉洁、光明、伟大的形象活在全国人民的心中！也正是他当年对家乡的严格要求，激励和鞭策了家乡干部群众自力更生、艰苦奋斗，走出了一条独步三湘、昂首中部的浏阳发展之路。

浏阳河上，这一轮明月

>>>

作为土生土长的浏阳伢仔，我在浏阳工作了 27 年，离开也已有 10年之久，但总是忘不了故乡的明月。

一轮明月三分醉，还有几分愁和泪。写的是我故乡浏阳河畔青枫浦上的这一轮明月吗？

是啊！要不三闾大夫屈原看到"湛湛江水兮有枫"，怎么会"目极千里兮伤春心"呢？

是啊，诗人张若虚怎么会在他的《春江花月夜》中感叹"白云一片去悠悠，青枫浦上不胜愁"呢？分明是在为思妇们作"昨夜闲潭梦落花，可怜春半不还家"之愁，分明是在为征夫们作"斜月沉沉藏海雾，碣石潇湘无限路"之愁。

而当杜工部"辍棹青枫浦"的时候，已是"双枫旧已摧"，老先生也愁着"自惊哀谢力，不道栋梁材"！

清代诗人邱壑"买得江边一叶舟，送郎西下状元洲。妾心摇落双枫浦，樟树潭前碧水流"，就更是红泪涓涓了。古人临江对月，抚榭伤怀，怎一个愁字了得！

●○ 浏阳的夜景很美

今之良夜，我在浏阳河畔，青枫浦旁，云淡风轻，面对霓虹掩映的诗圣雕像，用手机拍下一轮明月，正好也有"白云一片去悠悠"，却是"青枫浦上不知愁"的感受。你看那穿着时尚的帅哥美女，口里哼着欢快的曲调，脸上泛着幸福的光芒，哪里还有什么愁的滋味呀！

的确，现在的浏阳人，过着史上最为幸福的日子。共和国成立以来，从一个国家级扶贫攻坚的重点县，一跃而成为率先实现小康的富裕市，进而跨入全国百强县市的二十强！目前正在加速建设精美城市，全域打造美丽乡村……

"今人不见古时月，今月曾经照古人"。浏阳河被这一轮明月照耀千年，也被多愁善感的诗人们咏叹千年，可以说是一条历史的长河了。她已经越过险滩，冲出峡谷，进入了"潮平两岸阔，风正一帆悬"的黄金水道！

浏阳河九道湾
我家门前湾最大 >>>

打开浏阳卫星地图，可以很明显地看到，浏阳河从东北群山之间蜿蜒而来，在普迹与官桥两镇之间，拐了一个最大的弯，从此便向西北平缓地带奔流而去。此湾原名青脚湾，因为此处有座牛形山，河水淹没了青牛的脚而得名。现在因河中的夹洲岛出名，改名为夹洲湾，一湾碧绿的河水环抱着小岛，犹如少妇抱子，很是温柔美艳。站在跨湾而过的浏阳河大桥人行便道上面，西侧可赏"牛扛夕阳"的美景，东边可见"烟横渡口"的奇观。

此处曾有座古庙，供有包公神位，香火鼎盛。庙内曾有古联状其地形胜："名川留胜迹，有北海题碑少陵写句；古刹壮奇观，看烟横渡口翠点螺洲。""北海题碑"谓李邕之麓山寺碑也，古人由此地乘一叶扁舟可朝发夕至。"少陵写句"系指杜工部之《双枫浦》，其"浪足浮纱帽"之"纱帽港"由此遥望可及。

更有一则民间传说把这道湾的钟灵毓秀推到了极致。相传东晋易雄将军忠勇殉国，历代褒封，元代至治年间敕封忠愍候从长沙迁葬故里浏阳，风水先生沿河寻找宝地，看中了青脚湾。但当宝船载着将军忠骨逆

●○ 从大桥人行步道上拍到的美丽田园

河而上，行至此间，包公显圣，大雾迷漫，候王宝船行至普迹才知走过了头。执事者准备调转船头，有人说战将前行岂有后退之理？只得复往前行找到枨冲宋家园落葬。神奇之地传奇故事多矣，方寸之纸难以尽述！

此湾就在平汝高速普迹互通之侧，浏阳河在浏阳境内最大的岛屿夹洲岛之滨，花木产业带公路之旁，河边建有码头游道和健身园地，有塑关公跨马神像的跑马塘广场，还有一个青山绿水休闲山庄，可谓车船两便、商旅皆宜之地。最近浏阳邀请专家座谈，发动网络投票，综合评定此湾为浏阳河最大湾，可以说是实至名归。

我在这里长大，从这里走出，也将回到这里，在这里变老。人们习惯把家乡的河流称之为母亲河，可能是她与自己的联系太过紧密吧。

儿时的我因不识水性，跟着别人从门前的浅滩上摸着石头过河，因为不知道要侧着身板减弱激流的冲力，差点被冲进深潭，淹死在她温柔的怀抱里。当同学拉着我侧过身来走回岸边，我的父亲被吓得脸色惨白差点晕倒，因为我是他从族兄家抱养过来的一棵独苗。那个夏天，我在父亲和邻家兄弟的培训下学会了游泳。

儿时的记忆中，门前的河里要么干得只剩下中间一条小溪，我们要在溪中挖个小洞才能挑水上岸，要么浊浪汹涌直逼我家居住的木架茅屋。在 1954 年，房屋被大水冲毁，祖母心有余悸，连忙在地上摆好贡果三牲、焚香跪拜，求龙王爷开恩，退潮饶命。

我后来学成从政，在家乡主管本市农村工作长达十年之久，上任伊始就碰上 1998 年百年一遇的特大洪灾。我和同事们在防汛抢险的同时提出了"上游建库蓄洪、中游设闸调洪、城区扩孔行洪、下游疏浚畅洪"

●○ 浏阳河上游的小桥流水

的治水方略，得到主要领导支持后付诸实施，基本完善了流域的防汛抗旱功能。进而开发梯级电站，建设株树桥至长沙引水工程，浏阳河除发挥供水、防洪、抗旱、养殖功能外，发电就重复利用了六次，真正达到了除害兴利的效果。浏阳河，她因歌而名、因水而利，成了名利双收之河。我家门前的河段也因万家庄电站的建设而有了宽阔稳定的水面。

现在，我将近致仕回乡的年龄，可以实现在长大的地方变老的心愿了。我哼着名河小调，在家门前的河岸上，随手拍下这一张张充满乡情的小照，冥冥中总有一种难以名状又比较舒心的感觉，一如这袅袅的薄雾和微微的清波……

第二辑
报告文学篇
BAO GAO WEN XUE PIAN

百万富翁的黄昏

>>>

这是一篇反映改革开放初期一个扰乱农村金融秩序的反面典型的报告文学。改革既然是时代的洪流，自然会激起美丽的浪花，当然也会泛起一些沉渣。

　　欧洲神话中有一个伊卡洛斯，以蜡为翼，飞向太阳。起初有的人惊羡他腾空而起的奇迹，当他接近太阳的时候，蜡做的翅膀融化了，这些人又哀叹他粉身碎骨的惨遇。惊羡和哀叹都够了之后，这才恍然大悟：蜡做的翅膀怎么能够上天呢？

　　湖南省浏阳县太平桥乡有一个曹典文，他以高额利息为诱饵，骗得了百余万元现金。起初，不少人把他奉为财星，争相到"曹氏银行"存款，曹典文这颗"财星"也确实"高照"了三年之久。然而，当司法部门的囚车开到了曹典文的家门口，"曹氏银行"的储户们这才意识到他们已经本息两空，很是捶胸顿足了一阵子，继而是一声发自丹田的慨嘘：

　　原来他是一个骗子！

"曹百万" 乘风展翅

笔者第一次认识曹典文，还是"曹氏银行"生意兴隆的时候。他作为省会某贸易商店的头号股东，参加该店的开业宴会。在一家豪华酒店的圆桌上，经理把我拉到西装革履的曹老板身边，相互介绍之后，曹立即起身为我敬酒，他微胖的脸上闪着红光，浓眉下那双不大不小的眼睛也透着精明，整齐的短发显得格外精神。席间，经理频频给来宾敬酒，每一轮都是从曹典文开始，曹酒量不小，但饮得从容。也许是曹受到的上宾礼遇值得自豪，也许是我这个业余获奖作者、县委办干部的头衔起了作用，他竟在经理的补充下滔滔不绝地同我扯起了他的身世。

此君 1933 年生于浏阳县太平桥乡田心村一个普通农民家里。新中国成立后，十几岁的曹典文就担任了初级社的助理会计，1959 年到某部炮兵五六五分队服役，先后担任过电话员、事务科上士、代理事务长等职。1961 年入党，1966 年复员后担任大队支部书记十四年之久，其间还荣任过一届不脱产的公社党员委员。1980 年至 1982 年任村主任兼会计和代销店经理，1983 年开始干一项"惊人的实业"。

且看他"惊人的实业"是如何起家的吧。

曹典文一直从事和插手经济工作，真可谓尝够了"甜头"，直到落实责任制的时候，他还有挪用大队和生产队的 2700 多元公款没有还清。1982 年底，曹典文"村干"落选，"财源"断了，他想把只能得点手续费的代销店转为自负盈亏的经销点。可一个债台高筑的"下台"村长，

●○ 20世纪80年代浏阳城区的老照片

谁愿意借钱给他起本呢？曹典文好不容易以村上的名义向信用社贷款六千元，办起了"曹记经销店"，但这小本微利的孤村野店，怎么也填不满他那如渊的欲壑。为了充实本钱、捞取暴利，曹典文终于张开了蜡做的翅膀——高利"借"款。

1983年春节刚过，曹典文一一来到其亲友家里，例行的拜年大礼之后，便大谈特谈其发财致富之道，末了就煞有介事地声言他有一个做大生意的朋友，要他入股，保证5%以上的月息。他自己手里资金有限，愿意代亲友入一小股，每股最多不得超过500元，并且叮嘱千万不能把事情传出去，否则连本带息都会落空。

高息的诱饵果然起了作用，曹典文很快就骗来几千元现金。他看到本县花炮燃料氯酸钾特别紧俏，便通过贿赂从熟人处以平价购进，再以议价倾销，每吨可赚两千多元，如此往返数车，他终于成了腰缠万贯的大商人。与此同时，"曹氏银行"应运而生，并且经营范围越来越大，亲友们得了高额利息，又请曹典文照顾他们的亲友找上个"活水源头"。对亲友的亲友"验明正身"之后，一律按所报金额减半收存，按月付息。

1984年是曹典文诈骗生涯的黄金时代，他谎称在某个特区开发公司投资，每月可分得几十万元红利，并把月息提高到10%，公开收存现金，并在其亲友家里设立"曹氏银行代办处"。据初步统计，曹典文直接收取了170多人的几十万元现金，49个"代办处"，收取了470多人的100多万元，"曹氏银行"存款余额曾达到100万元左右。

债台高筑的曹典文轻而易举地成了远近闻名的曹百万，他好不神气，好不舒坦，二两小曲下喉，便腆着日渐凸起的肚皮，南腔北调地哼着小调："好风凭借力，送我上青云。"

翅膀，开始融化

"曹百万"骑着那辆老掉牙的自行车，往来于各"代办处"之间，从他那里"受益"很多的几位代办处负责人，大概是看到曹老板太寒酸了，便合伙送了一辆价值3000多元的摩托车给他。也大概是此举提醒了原来土里土气的"曹百万"，于是他的住处开始摆设了彩电、冰箱、空调扇。渐渐地，身上的涤卡干部服换成了全毛华贵西装配纯丝领带，一夜之间，除老老实实的老板娘之外，还多了一位风韵犹存的另有丈夫的"曹夫人"。这位"曹夫人"的家境，也因"曹百万"的幸临而焕然一新：两层、十几大间的小洋楼和配套平房拔地而起，进口电视机、长沙发、名牌单车、豪华灯具、高级毛毯似从天外飞来……

"曹百万"整天忙于"银行业务"自然也就没有什么功夫，也用不着去做什么氯酸钾之类的生意了，他只需按月把现金拿到"代办处"和"储户"家里，连本带息数给别人过下手，然后在人家的迫切要求下办理一下续存手续即可。

1984年12月28日，曹老板将五位"代办处长"请到县城某饭店，曹老板左手拎着黑色旅行箱、右手夹着过滤嘴香烟。他进得门来，先不忙着到服务台点菜付钱，径直走到餐厅右角，拉开一道屏风，在靠墙外留下一个出口，宾主六人团桌坐定之后，曹典文从内口袋里掏出一沓钞票对"谢处长"说："到前面去点一桌上好的酒菜来，快过阳历年了，我们几个聚聚会，顺便也结一结账，让大家心里有个底。""谢处长"一面说："我们都托曹老板的洪福，理当由我们请客"。一面接过钞票，出去点菜。

"曹百万"掏钱时，由于用力过猛，连领带都带了出来，他本想表现一下百万富翁的利索，没想到竟露了怯。这可把"曹夫人"逗乐了。她一边伸出手去帮曹将领带纳进去，一边佯嗔道："怕莫是财大气大，今天早上才帮……"她把下半句咽了下去，但在座诸君显然心领神会了。"曹百万"喜形于色自不待言，"曹夫人"在五位"处长"之中的优势也无形中显示出来。但曹典文毕竟是曹典文，他虽然平常在"曹夫人"面前挥金如土，但在"业务问题"上却是"一视同仁"的。酒足饭饱后，曹典文当着众人打开旅行箱，将早已分别包好的每人一万元本金和几千元息金拿出，然后在五位"处长"的再三恳求下办理了本金续存手续。至于息金，曹典文解释说："现在要我帮忙的人实在是太多了，你们几位就发扬点风格，照顾其他的阶级兄弟们赚一点儿钱吧。"

曹典文把箱子锁上，和"谢处长"同上厕所，曹在厕所里对谢说："我跟你认识得早一点儿，关系自然也就不同点儿。你的那9000块钱利息，我还是办一下续存，不过你要瞒住他们四人。这样吧，等下子你就说怕我醉了骑摩托会出事，送我一程，在路上将钱交给我算了。"

"谢处长"千恩万谢，这19000元随着"曹氏银行"月利率的逐步上升，到1986年正月，息上滚息已是28万元的巨款了。但是，他万万没有想到，这竟是与自己"关系特别"的"曹百万"的一纸欠条而已。

1985年下半年，国家抽紧银根之后，浏阳全县普遍开展财务清理，一些动用公款存入"曹氏银行"的干部、职工纷纷取款，"曹氏银行"

的存款余额急剧下降，"代办处长"和农村"储户"也相继获得"曹百万"破产的信息……

对于接踵而至的取款者，曹典文自有他一套招架之功：国家集体工作人员取款，他一般都连本带息照付现金，美其名曰："国家集体资金有困难，我曹典文当然要助一臂之力。"对于代办处长们，他声称开发公司正在大批进货，不久就有红利汇来，暂时连本带息开具欠条、办理续存，月息提高到百分之十五、二十。对于仍然不明真相的人许以百分之三四十的高息，大量收款，然后付作小储户的利息。

曹典文这一套"借尸还魂"的伎俩也确实使"曹氏银行"在余额危机中苟延残喘了几个月，但到1986年春节前夕，面对着满屋子咄咄逼人的债主，"曹百万"黔驴技穷了。腊月二十九深夜，腰酸腿痛的曹典文好不容易走到自己的家门口，灯火通明的屋里传出一阵阵债主的痛骂声和拍桌声，他只得躲进山坡上的树林里。在潮湿的山坡上，在刺骨的寒风中，年近半百的曹典文龟缩着、哆嗦着，面对着阴沉沉的天、黑黢黢的地。这个曾在酒宴上谈笑风生、在商场上游刃有余、在官场上春风得意、在情场上挥金如土的巨骗，这个对自己70多岁的父母都没尽赡养义务、忍心由他们自耕自食而自己花天酒地的逆子，似乎一下子意识到天地正气和人间良心的存在，突然对自己的斑斑劣迹倍感自责。他面对着以前没放在心上，然而是属于自己的，现在可望而不可即的这栋农舍和里面的村妇潸然泪下，凝望着对面山上的祖坟和父母的居室懊悔不已……

摩托被推走了，彩电被搬走了，经销点里值钱的货物被运走了，债主们还是不肯甘休。长夜难熬，冬夜更长啊！我曹典文还是走吧，走到香港、走到美国、走到西方世界去。啊，法网恢恢，插翅难逃！曾在海防线上当过炮兵的曹典文最清楚叛逃出境者的下场。干脆到阎王老子那里去算了，啊，不能，决不能！难道就这样离开这大把大把的钞票？离开"曹夫人"丰满柔润的胸脯和雪白酥嫩的大腿？离开餐馆里的山珍海味、美酒佳酿和年轻亲热的女招待吗？既然是靠诈骗起家的，那就继续骗下去吧，他下意识地摸了摸装着钞票的旅行箱，渐渐地，眼里闪出了常有的绿光……

大年三十下午，曹典文身披军大衣，来到炸断了手的花炮厂职工罗福端家里，一进门就给罗福端50元钱，假惺惺地说："乡亲邻舍，哪个能保没有个什么天灾人祸呢。我身上有了钱，能帮你一把就帮一把吧。"天哪，昨晚还是龟缩山野的赖债人，今天竟成了从天而降的"救星"！罗福端感激不已，尽倾家珍，曹典文又在安逸的醉乡里度过了一个除夕之夜。

正月初一，曹又乘车来到省会某贸易商店，虽然他在该店的股金早已退出，但他常以股东身份出入该店，因为旅行箱里那一叠一叠的现钞仍然维持着他在该店的上宾席位。今天，经理又请他带钱一万元到本县开户银行还贷。曹典文来到银行营业所，对该所主任说："××在长沙办店亏了本，他欠的一万元货款记在我曹某人身上，我同他是一场朋友，一个月之内替他还清。"说完又点上一支烟，拉着营业所主任耳语道："我们开发公司汇来的红利，走××经理账号上过，到时扣出一万还贷，还要请你高抬贵手。"面对着不惜一万元巨款对朋友解囊相助的"曹百万"，营业所主任敬佩都来不及，哪里会想到这竟是一场骗局呢？

曹典文回得家来，趾高气扬地对债主们说："新年一过，形势大好，

××开发公司已经汇来第一批红利20万元，我还了长沙几个'大世主'17万利息。剩下3万元，把乡里一些小储户连本带息结清楚，省得今天也来吵，明天也来吵，我曹某人家里又不是派出所。还有一些'中号世主'，耐烦等一下，下一批红利两个月以后就到……"

曹典文又抖起了正在溶化的翅膀。一些小储户见到本息兑现，有的又向曹要求续存，"曹氏银行"死灰复燃。曹典文又哼起了蹩脚的花鼓调："夺泥燕口，削铁针头，刮金佛面细搜求；无中觅有，鹌鹑里寻豌豆，白鹭腿上劈精肉，亏老先生下得了手。"本来是怒斥、挖苦的抢白，"曹百万"反其意而唱之，并且恰到好处，好一个"鹭鸶腿上劈精肉"的"曹老先生"！

迟到的囚车

《中华人民共和国银行管理暂行条例》明确规定：个人不得设立银行或其他金融机构，不得经营金融业务。

《中华人民共和国刑法》第一百一十七条规定：违反金融、外汇、金银、工商管理法规，投机倒把，情节严重的，处三年以下有期徒刑或者拘役，可以并处、单处罚金或者没收财产。

《中华人民共和国银行管理暂行条例》规定：金融工作人员利用职务上的便利以贷款牟取私利、领导干部强令金融机构发放贷款造成贷款损失。构成犯罪的，由司法部门追究刑事责任。

《中华人民共和国刑法》第一百八十五条规定：国家工作人员利用职务上的便利，收受贿赂……致使国家或者公民利益遭受严重损失的，处五

年以上有期徒刑。

可是，"曹氏钱行"居然在乡政府的鼻子底下经营三年之久，竟有八十多位国家、集体工作人员将近八十万元现金存入"曹氏银行"，其中公款十几万元……

区、乡银信干部中，竟有七人动用公款近十万元存入"曹氏钱行"，并且80%是在经有关领导干部指使下直接或间接存入的……

县纪委、县人民检察院准备调查曹典文诈骗案的时候，太平桥乡纪委一位委员，竟然向曹通风报信，并且与有关人员订立攻守同盟，致使大量作案的原始单据被烧毁……

就是在曹被收容审查之后，个别与曹有联系的乡党委委员公然在整党学习班的辅导讲话中为曹典文辩护……

就是在曹典文到处碰壁，形同于丧家之犬的时候，乡领导还把他捧为"致富不忘群众"的典型，有的党员干部还不惜倾其所有，为曹两肋插刀、鼎力相助……

为什么？这是为什么？难道仅仅是这些肉食者们不懂法律吗？难道仅仅是被曹的种种假象所迷惑吗？

莎士比亚曾写过这样一段诅咒金钱的诗句："啊，你可爱的凶手，帝王逃不脱你的掌握，亲生的父子被你离间！你灿烂的奸夫，玷污了纯洁的婚床！你永远年轻韶秀，永远被人爱恋的娇美的情郎……你有形的神明，你会使冰炭化为胶漆，仇敌互相亲吻！"这一段看似夸张的话语，不正好贴切地回答了曹案所提示的一些问题吗？

最后，笔者有责任指出，有不少党员、干部甚至普通农民拒绝过曹的拉拢和贿赂，揭露过曹的骗术，提醒、挽救过受骗人员。正是在一个共产党员愤然上书之后，司法部门的囚车，才开到诈骗犯曹典文家门口的，囚车虽然迟到了许久，但它的警笛毕竟惊醒了"曹百万"及其追随者们的金钱梦。

曹典文张开蜡做的翅膀，在拜金主义的妖风中独往独来了三年之久，但在社会主义的似火骄阳下，蜡做的翅膀融化了，在共产党员的浩然正气下，挣扎着的翅膀终于被彻底折断。由此看来，谁要是想用蜡做的翅膀飞上天去，不管他飞得多高，总逃不脱粉身碎骨的下场。

家

>>>

这是一篇反映 20 世纪 80 年代乡镇企业领军人物的报告文学，带着当年浓厚的"伤痕文学"的色彩。虽然主人公和他的企业后来在市场经济的汪洋大海之中渐次沉潜，但在当年乡镇企业异军突起、群星灿烂的星空中，他的确是一颗闪亮的新星！

一、小"家"和大"家"

家是以婚姻和血缘关系为基础的社会单位，是共同生活的眷属所居住的地方，但这只是对家的一种狭义的解释。马克思赞成这样一种观点：随着社会从低级阶段向高级阶段的前进，家庭也应从低的形式向高的形式发展。

古往今来，有多少人用生命、用青春、用心血、用汗水实践过、探索过各种新型的家、广义的家；又有多少人在这社会生活的最基本的单位里，演出过激动人心的一幕幕活剧。请看湖南省浏阳县枨冲汽车配件厂青年厂长胡明甫主演的一幕。

时间：1985 年 3 月 19 日傍晚，暴风雨后。

地点：枨冲乡大元村胡明甫家地坪里。

人物：胡母、胡明甫和妻子沛珍、女儿艾艾及众乡亲。

胡母："〔悽然拭泪〕明甫啊！你堂兄几次到厂，我都搭信说咱家里的房子漏雨，要你回来请人检修一下，你总是说忙、忙、忙，这下好了，九间大瓦屋，倒得只剩这两间……"

沛珍："〔扶住妈妈〕妈，明甫也实在是忙不过来呀，为搞材料出了半个多月差，一回来就忙着给夜校补课……唉！事到如今，也只好请人把这两间也拆了，借点钱再建一栋算了。"

明甫："妈，沛珍，反正我们在厂里有一套房子，再说这老屋也是土改时政府分的。我看就把剩下的这两间卖了，用这笔钱在对门小河上修一座桥，免得发山洪时孩子们上不得学……这些倒得乱七八糟的木料，就运到厂里去给基建上用吧！"

胡母："我们总得有个家啊！"

沛珍："妈，您不是常说要我们要以厂为家吗，这回你就安心到厂里去住吧，免得在家里常挂念我们和艾艾，在厂里又想着这个家。"

艾艾："奶奶，我们一起回家去吧，你别哭了，我给你玩小气球。"

胡母在儿子的劝说和儿媳的搀扶下坐上了他们开来的汽车，旋转的车轮碾过坎坷的马路上那浑浊的泥泞，飞驰的汽车把胡明甫一家人从断砖碎瓦的老家带到了高楼广厦的新家。望着一幢幢崭新的厂房、宿舍，望着装饰一新的新家，胡母那满面的皱纹慢慢地舒展开来了……

这是一个多么令人欣慰、令人神往、令人奋发的"新家"啊！枨冲

浏河情思 ··· 153

汽车配件厂原来的各项指标综合水平在全地区社队企业中倒数第二，1983年人平产值跃居全省第一，1984年虽然拆建厂房，总产值仍比上年增长30%，1985年一季度，全厂成本比上年一季度降低10%，而利润率却提高了2%。这在全国钢材奇缺，价格上浮的情况下，简直是一个奇迹。

全国汽车制造之王——长春汽车厂的某分厂把枨冲汽车配件厂作为定点车架生产单位，并准备到他们这里投资，向他们提供技术和设备；省、市、县领导多次来厂调查、慰问，新厂区建成开工，县委书记还主动前来剪彩哩；一家外国企业愿意同他们合资兴办汽车修配公司，省市有关部门正准备批给他们外汇指标；中央人民广播电台、《湖南日报》、湖南人民广播电台、《长沙晚报》、《朋友》杂志多次专题报道厂长胡明甫的创业奇迹……

如果说在我国群星灿烂的星空中，出现了一个新的星系——农民企业家星系，那么，胡明甫就是这个星系中一颗璀璨的新星。这颗新星升起的轨迹和胡明甫的家的道路，是两条不平行的曲线。

小时候，胡明甫曾有一个温暖的家。他就在母亲的怀抱里迎接了共和国的新生，小明甫虽然缺乏足够的营养，但已经有了安宁。渐渐地，他从当教师的父亲那里知道了安宁是鲜血所凝、营养是汗水所染。于是，他从一条"好好学习，天天向上"的横幅和一位慈祥的领袖的画像下捧回了十多张写有"三好学生"字样的奖状，母亲总是满心欢喜地把这些奖状贴在家里厅屋襟墙的左边，同右边"模范教师"的奖状相对应……反右斗争扩大化的风暴，给他带来一个苦难的家；"文化革命"的"风雷"，又使他的家成了一个破碎的家。

党的十一届三中全会的春风，却把胡明甫吹上了枨冲汽车配件厂当家人的位置。于是，他不仅有了幸福的小"家"，而且有了一个兴旺的大"家"！

二、当家之举

1979 年冬，一向在家里恪守"两耳不闻窗外事"古训的胡明甫，突然对一系列他渴望已久，但又觉得来得很突然的事情敏感起来，他"开戒"阅读起报纸来了……

金钱，这个一度背上"资"字黑锅，被认为即将装进棺材的东西一下子成了衡量生产经营成果的首要尺度。胡明甫所在的枨冲农机厂那栋曾作为"共大精神"产物而炫耀一时的茅草厂房再也不复有至高无上的价值；那些在"宁长社会主义的草，不栽资本主义的苗"的标语下"长期保养"的车辆和机床，也在产业革命的新潮中黯然失色；面对着因质量太差而退回的产品和营业所的停贷通知单，那几个曾经"叱咤风云"的人物再也使不出什么新的招数。

父亲平反了！这位饱受磨难的人民教师终于回到了人民的怀抱。党和政府为他恢复了名誉、补发了工资，虽然他不久就离开了人世，但毕竟没有含冤九泉啊。

停产，枨冲农机厂这个亏损 5 万多元，而设备残值仅占债务总额十分之一的企业在调整中被公社宣布停产了，胡明甫等人被指定为留守人员。"食尽鸟归林，落了个白茫茫大地真干净。"胡明甫平日里唱得烂熟的调子今天唱起来怎么这样拗口？

改革，这股席卷祖国大地的时代浪潮，虽然刚刚兴起，但她那不可逆转之势，必将荡尽一切污泥浊水，潮流中势必涌出一个大有作为的时代！凭着坚定的信念和敏锐的洞察力，他越来越强烈、越来越迫切地感到留守处同新的时代是何等的格格不入。自己的前半生，父亲的后半生，都被"十年动乱"吞噬了宝贵的年华，难道还能在留守处这个历史长河的明礁上徘徊观望十年，落得个而立不立、不惑而惑吗？不能，决不能！弄潮儿当向潮头立！

"我要当这个'烂摊子家'的家长，重振家业！"胡明甫悄声地告诉妻子。"什么？当厂长！？我可不赞成你去搞这个背时的农机厂。"沛珍断然反对。

"夫人此言极是，小生要办的不是农机厂，而是汽车配件厂。"胡明甫躬身一揖，把个双眉紧锁的沛珍逗乐了，但她还是担心地说："这台戏可不是那么好演啊！"

"总不会有在大元地时那样难演的戏了吧？"明甫不紧不慢地一问，把沛珍带入了辛酸的回忆：

十多年前，他俩在大元地老家相识。在这里，他们白天同几万万中国农民一道，创造着社会必要劳动时间的最高纪录，晚上，他们在一起排演样板戏。当时，胡明甫那个"右派"家庭的成员竟几乎都是大队业余文艺宣传队的主角，沛珍这个地主崽子也常常是李铁梅、阿庆嫂的扮演者，真有点叫人难以想象。但是，在这个山乡大队的百十户人家里，真正能排得出一台戏的又舍他们其谁呢？没办法，大队只好安排他们在台上"将功折罪"……

　　流泪眼看流泪眼，落荒人惜落荒人。明甫和沛珍居然在长期的"将功折罪"中产生了爱情，莫非命运之神也学会将功折罪了吗？

　　他们永远也不会忘记那样一个夜晚，胡明甫和他父亲被押着跪在台上挨斗。

　　批斗会结束后，前来主持会议的"造反"派头头要看一看大队的样板戏演得怎么样。明甫不得不"擦干了血迹…又上战场"；沛珍也只好站在台上高唱"你爹爹像松柏意志坚强"。他们正处在天真活泼的青春年华，却要去忍受肉体和精神的双重折磨，立功赎罪，他们何罪之有啊！难道出生也可以选择吗？

　　一台戏下来，两个"狗崽子"坐在胡明甫家火炉旁，相互倾吐了长积心头的苦水、深藏眼底的爱恋……他们的心里插进了数把无形的钢刀，也充满了对"爱人""家庭"这两个词儿的甜美的咀嚼、真切的遥感、幸福的憧憬！此后不久，他们成家了，涸泽之鱼，相濡以沫，他们在极其艰难的环境里，开始了共同的生活。

婚后不久，胡明甫无师自通，做起了木工。一天，他背着沉重的斧头踏进了初中时候的班主任周华爱老师的家门，沦为农村主妇的周老师见到过去的得意门生，鼻子一酸，热泪夺眶而出。"……天才注定要做叫花子……金冠可耻地戴在行尸的头上……"周老师又一次吟诵着几年前在课外教给明甫的诗句。想不到莎士比亚这个英国人的讽世之作，居然在 20 世纪 70 年代的中国得到如此广泛的应验！

一天，胡明甫正在别人家里挥汗抡斧，沛珍突然跑来向他哭诉："爹被工作队绑去关起来了，妈急得昏了过去。""父亲啊，可怜的父亲，原以为您离开了教师队伍，满可以过几年日出而作、日落而息的安稳日子，想不到在这山冲旮旯里也逃不脱厄运！有近千万平方公里土地的祖国啊，你有那些乱臣贼子出没的阿房宫、养心殿，难道竟没有一个被称为人类灵魂工程师的教师的立足之地、安身之所吗？

想着想着，胡明甫含泪的眼里出现了一副不祥的幻影：瘦弱的父亲被绑在高压电杆上曝晒，呼吸急促，汗如雨下；烧得通红的瓮盖正逼向父亲的夹背，枯柴似的肌肉在抽搐，青藤般的筋络在战栗……胡明甫只觉得一阵昏晕，眼前的一切都颠倒了……雪白的斧头，落在左手上，明甫倒向溅满血迹的砍凳……

为了养活苦难的一家，胡明甫不顾失血过多，身体虚弱，又操起了沉重的斧头……

"胡明甫这个家伙，又搞起资本主义单干来了。你们看，他收工后又从枞冲带一块精肉回来了。"一个造反派头头开完阶级斗争新动向分析会，正用指甲挖着晚餐改善生活时嵌在牙缝里的鸡肉屑，他见胡明甫做木工回来，咬牙切齿地对正在乘凉的其他干部说。这天晚上，工作队决定再加一倍罚胡明甫的资本主义手工业单干款。

仅三年中，胡明甫总共被罚款1300多元，家里的床、柜、书桌都被抬走了，母亲的"盐仓"——三只老母鸡也被抓走了。现在，轮到拿木工工具了。明甫是怎样把跟随自己几年之久，沾满自己汗水和血泪的斧头送出家门的呢？愤然、怆然，还是茫然？

面对着接踵而来的打击，胡明甫一筹莫展，现在，他家里已经荡然无存了，年老多病的父母，怀孕在身的妻子，饥食何在？寒衣何求？他们所求的温饱之家，这不过分吧。

一天，胡明甫独坐家中，忽然来了一位自称"华子良"的"疯子"。"我也看过《红岩》，你把你的实际情况说了吧，说不定我们还能成为朋友呢。"胡明甫对来人说。

"我叫硗菊生，是从国民党空军地勤部队起义投诚的机械师，起义时邓小平同志亲自给我们签发了安置介绍信，我被安排在湖南医药器械厂工作。从前，我的科研成果曾多次受到省市政府的表彰，可是眼下因为档案里的安置介绍信上有小平同志的印鉴，我被打成了历史反革命，为了不连累家人，我只好装成精神失常的样子，浪迹江湖，修理为生。"硗菊生哽咽着说。

"唉，这年头有多少人无家可归，又有多少人有家不能归……"胡明甫也在悲叹声中向来人公开了自己的家境。

啊，真是巧遇，原来硗菊生还是沛珍的叔叔。这可把胡明甫"喜饱"了，从此后，他成了"华子良"的徒弟。

在胡明甫家里，硗菊生把拣来的破喷雾器桶做风箱，用土砖砌了个炉子，边教胡明甫做热处理，边讲消除内应力，使分子结构均匀化的道理……正好这两年枨冲公社"政治台风"的中心移出了大元地，胡明甫家这个修理店可以开下去了。

逆境中的胡明甫遇到了硗菊生，实在欢喜无限。硗菊生领他参拜了瓦特、牛顿、祖冲之、法拉第等科学巨匠，也教会了他单车、手表、收音机、汽车、拖拉机等的安装和修理。当然，这位少年时代曾梦想成为诗人和哲人的工程师，也免不了为胡明甫从书本中请来马克思、康德、鲁迅、高尔基、李白、艾青等生活大师。

因此，胡明甫没有在逆境中绝望、自卑、沉沦，更没有像某些人那样开始可悲的恶性循环。他不断用各方面的知识充实了自己的头脑，用善良的心、聪颖的脑和勤劳的手，去换取大多数人的同情、支持和尊重。

但是，在那"知识越多越反动"的年代里，他们的知识和技术并不能得到充分的发挥，而只能作为一种维持家庭生活的手段，但这种手段往往还达不到目的……"使李将军，遇高皇帝，万户侯何足道哉！推衣起，但凄凉四顾，慷慨生哀。"多少次，这慷慨悲凉的词句在他们师徒俩的喉管里缠绕，在他们的火炉旁弥漫……

历史的悲剧早已落幕，并且不可能重演。"未离海底千山黑，才到天中万国明。"历史的巨卷既已掀开了新的一页，作为历史创造者的人们，特别是那些饱受挫折、久经磨难的人们都在迫不及待地在社会生活中寻找自己新的方位，这是每个社会大变革时代的普遍现象。

1980年春的一个晚上，胡明甫找公社党委书记谈了近三个小时。从市场信息到设备更新，从质量管理到技术改造，从宏观方向到具体步骤，从地理条件到全社农民刚解放出来的精神力量……最后，他提出要书记把农机厂交给他办，并保证在两年之内还清积欠的银行贷款。

书记早就在物色一位能使农机厂起死回生的良医，他也觉得胡明甫懂技术、会管理，是个理想的对象。只是，一来他怕小胡"心有余悸"不敢出来干；二来，有些人说他不是党员……这回他可要当场拍板了！

三、发家之道

听说胡明甫自荐当了厂长，把农机厂改成了汽车配件厂，停产时解散回家的工人都主动回到厂里。胡明甫一边感谢他们对自己的信任，一边要他们准备参加技术考核。

在汽车配件厂成立大会上，胡明甫郑重地宣布了他的"施政纲领"：厂是我的家，也是你们的家。既然我是当家的，就得有一套严格的管理方法。从现在起，第一，回厂的老职工通过技术考核，不合格者辞退；第二，通过文化考试，在农村青年中陆续招收学徒工，一年学徒期满后，技术不合格者解雇；第三，把定级计时工资改为定额计件工资；第四，产品经过厂部和购货单位的双重验收，对方汇来货款以后再发工资；第五，次品材料费要按规定赔偿。

"啧，啧，啧，新官上任三把火，姓胡的这家伙还真有点子火药味，看来这厂子还真能办出点儿名堂出来。"大多数人这样说。

"'糖粑鸡屎头前热'，等着瞧吧，谁当头头儿都一样。"也有人说。

"老子在这里搞了十几年，冇功劳也有苦劳，他胡明甫一上台就想把我们赶走，冇那便宜事？"原来在厂里吃惯了指手饭的人找公社干部诉苦。

对于为他喝彩的人，胡明甫决心不辜负他们的厚望；对于观望的人，就用事实来回答他们好了；对于满腹牢骚的人，胡明甫没工夫理睬，他对公社领导说："有功劳的他们再出来搞吧，我可以辞职另办新厂，工人们跟谁干由他们自己。如果他们还愿意到我的名下来干，本人一定摒弃前嫌，携手共进！"这时，那些人才知道他们作为保身符的功劳，不过是 5 万多元的亏损……

在河南安阳举行的全国性汽车配件订货会上，胡明甫掌握了市场紧缺 U 型螺丝的信息。回厂途中，他又落实了碳结圆钢的进货和技术人员的聘请，但当他兴致勃勃地同刚刚进厂的沛珍"汇报"出差收获的时候，平日里温存体贴的妻子却嗔怪道："冒失鬼，看你欠人家的材料钱怎么办？"明甫风趣而不失郑重地反诘："爹爹平反，不是补发了那么多工资吗？"原来他心里早就有谱了。娇小的妻子终于会心地笑了，笑得是那样地自然而甜美。

来自全国各地的货款陆续汇到了栟冲营业所，一个亏了十几年的小厂第一次有了可观的盈利。

"想不到你这个当家的还真有点儿兴家之道呢，我算是服了你……"

妻子高兴地说。

胡明甫这时还没工夫高兴，他正在苦苦地求索着技术、质量、信誉、信息、时间、人心这几个词儿的含义……

1983年3月，全国市场拖车勾严重脱销，胡明甫命供销员购买生产拖车勾坯的畸形模具，供销员踏破铁鞋，最后在一个大厂找到了一份模具图纸。

这个大厂的一位工程师，取下架在鼻梁上的老花眼镜，慢条斯理地对前来购买图纸的乡办厂的采购员说："你们拿回去，也不过是废纸一张。"

胡明甫决心在这张"废纸"上画出美丽的图画。但是，他也清醒地意识到本厂的技术力量实在太薄弱了。他决定马上派人到大厂去进修、培训，同时到外地请技术能手来厂带徒、传艺。他请来了正在交通学院带实习生的宋解宾师傅，又与某大厂达成了代培技术人员的协议，公社却以资金紧张为由拒不开出介绍信。

"看来只有走自费学习这条路了。"胡明甫对迫切要求去学习的几位工人说。

"自费学习，起码要有三、四百块钱呀！"这几位"农民工人"摸着自己干瘪的口袋，面有难色。

别人没钱去，沛珍可以去呀，明甫灵机一动。

为了胡明甫当好工厂这个大"家"，妻子依依不舍地离开了温暖的小家。

沛珍回来后，明甫夫妇和工人们一道开始了模具的研制。他们从某大厂买来一台"报废"的空气锤，但这台空气锤只能压三十公斤的物品，而模具有两百多斤。"资金紧张"的栨冲汽车配件厂搞模具，却要从解决锤压问题入手……

经过反复的研究、试验，他们终于越过了一道又一道难关。

一个月后，栋冲汽车配件厂成功地制造了东风车轮勾成型锻造模具，并比同类产品节约成本近3000元。应邀前来指导试用的某大厂的技术权威都由衷地为他们这些"泥腿子"们感到高兴。但他怎么也没有想到，一直在他们厂当学徒的乡里妹子，原来是为这套模具立下了汗马功劳的栋冲汽车配件厂"第一夫人"。

"几次到长沙开会、出差，我都请你到我们厂去玩一玩，你总是说家里有事，要马上回去，我还笑你舍不得爱人呢，想不到她竟在我们厂里学功夫，你可真是'三过妻门而不入'啊。"长沙客人不无感慨地说。

"厂里夜校每月要上12个晚上的课，他又是唯一的老师，出得几天差还要回去抓紧补课哩。"沛珍非但没有责怪丈夫，倒是替他解起围来了。明甫的眼里像是飘进了辣椒粉，那亮晶晶的液体差点就要流出来。他知道，自从妻子到厂里来以后，她丰满的身子明显消瘦了……

胡明甫常说："人的生命依附于健康的体质，产品的生命则依附于过硬的质量。"

是啊，他把质量看得同生命一样重要，他简直把影响产品质量的坏的因素看作是威胁人生命的"魔鬼"。

栋冲某要害单位的某君将双眼深度近视的儿子带到栋冲汽车配件厂，意欲当个学徒工。胡明甫知道拒收是会给自己的小厂带来麻烦的，但他更清楚深度近视眼找上汽车配件这样一个"对象"，确实是强扭的瓜儿——不甜。唉，这乡办企业的家，还真不容易当啊！"试试看吧"。

胡明甫姑且回答说。

果不其然，机修车间的陈师傅心焦地对胡厂长说："尽出废品，我这个师傅不当了！"

胡明甫找到某君："你儿子暂时休假好了，专门在家矫正视力，我们出医药费。"某君碰了个软钉子，无可奈何，但又不好发作。

红炉车间的技术骨干小宋有一天收工时向检验员少交了两个车勾的料。胡明甫得知后在会上第一次批评了这个自己一向很器重的智囊人物："好个小宋子，为了顶'全月无次品'的桂冠，居然把次品坏丢到垃圾堆里去了！真是个十足的"塔尔杜夫"。哦，大家不知道塔尔杜夫是什么人吧，他就是莫里哀喜剧里的伪君子。今天我就要治一治他的败家子作风，罚款10元。如果以后再有人这样搞，加倍罚款。"

1983年11月，胡明甫参加了在河北邢台举行的全国性汽车配件质量评比大会。在会上，他们的产品获得了第一名。

正在他捧着获奖证书，尽情地欣赏这朵他和全厂工人们用心血浇灌出来的鲜花的时候，黑龙江林林汽车配件公司的一位工程师悄声对他说道："你们发运给我们公司的那批螺丝，汽车错卸在林业机械厂快一年了，日晒雨淋，恐怕我们不好收货，你去找找铁路部门吧……"

"散会后我们一路去看看再说吧"。胡明甫用十分自信的口气大声答道。

结果，当他打开破旧的包装箱，工程师望着塑料袋里的油光闪闪的螺丝后高兴地说："你们的产品靠得住，这回按我司优质品标准加价验收，以后还请多多关照！"

胡明甫带着微笑凯旋归厂，一进厂就跑到食堂里："今天晚上会餐！"

晚宴上，他把一杯"浏阳河小曲"举到小宋面前："昔日的'塔尔杜夫'先生，今天的'质量标兵'同志，来，我敬你一杯！"

钢材市场还没有放开的时候，胡明甫经常遇到过这样的麻烦：一方面，钢材"断炊"，生产周期加长；一方面要货单位的催货电报纷至沓来，应接不暇。这不，黑龙江林业局又来电告急："火速发运原订产品。"胡明甫立即决定："空运送货"。

"这可要花比火车高三倍的运费呀。"有人说。

"三倍就三倍吧。"胡明甫这个连职工丢了一颗螺丝都要兴师问罪的"小气鬼"，这回可不惜重金了。他深知，信誉和效益，在数理统计学中有着极大的相关系数——前一段的电视讲座毕竟没有白听。

现在，枨冲汽车配件厂的声誉得到了全国汽车配件行业的普遍公认，他们的产品供不应求，胡明甫和他的工厂也开始从单纯的生产发展到既生产又经营。1984年，他们的经营成交额达到了全年产值的三倍。一些市、县办的大厂还在业务方面向他们"俯首称臣"哩。

有一次，胡明甫在出差的头天晚上，正阅读着信息员从北京寄来的综述资料。突然，他叫住正在为他打点行装的妻子，说："明天清早就把这份资料交给唐书记。"

沛珍一看，材料左角上赫然批着一行有力的小字：一定要及时抓住解放 CA—10 这条死而未僵的百足之虫。

十多天后，胡明甫带着几份 CA—10 配件的订货合同回厂，支部书记唐维昆同志把他带到成品仓库，指着一箱箱的成品说："年轻的老伙计，你那条文诌诌的批语又带来一大笔利润了哟，按合同发货吧！"这一老一少，配合得多么默契呀！

在枨冲汽车配件厂信息不仅是简单再生产的源泉，而且是扩大再生产的源泉。他们先后从一些大厂买来了价值十几万元的闲置、报废的机床设备，买价只花 5 万元。这些东西在别人手里不过是废铁一堆，但经过他们修理组装后，居然能同其他新设备一道，在作业线上创造财富……

现在，枨冲汽车配件厂已经拥有 20 多亩宽的新厂区，有全县乡镇企业中少有的厂房设备，已经成为一个有一定生产、经营能力的大型乡镇企业，胡明甫这个倾注了全部心血的大家，可谓是家大业大，兴旺发达了。

你看！清晨，胡明甫和青工们一起晨跑，大步跑过彩虹般的枨冲大桥，就像一股力和美的清泉，注入黎明的大地……

上班，工人们在崭新的厂房里操作着崭新的机器，用汗水浇灌美好生活的新花；业务人员从容地接待着八方来客，爽朗的笑声中荡着新的希望……

节日，各班组职工团桌而坐，那香喷喷的花茶、甜蜜蜜的点心、水汪汪的果子，使每个人的心头，都涌起一股亲切的暖流……

上课，胡明甫和工人们一道，不断用新的知识和技术武装自己的头脑，开拓美好的未来……

工间休息的时候，青工们有的观赏着组合式花坛里盛开的鲜花、栅栏式阁楼里修秀的新竹、喷泉下曲池里戏水的金鱼；有的在游艺室打康乐棋、跳交谊舞。

总之，用他们自己的话说："干起有劲、学的有用、玩得有味！"

是啊，这个新兴的乡镇企业，跳荡着青春的活力、洋溢着友爱的氛围、鼓起了进取的风帆，也充满了家庭的欢畅！

"现在你家庭的经济情况还满意吧。"笔者问。胡明甫坦然地说："存款是有好几千，那是父亲的遗产。这几年的钱是边挣边花，没有什么积蓄，不过我现在的家庭生活是挺好了！""那你对目前'向钱看'的观点持什么态度呢?"笔者又问。

"有的人向钱看，他们为社会创造财富，挣得越多越光彩；有的人用不正当、不光彩的办法去挣钱，实在可悲！有人曾劝我搞个个体企业，发大财，并说现在时势变了，趁早当个资本家。我看还是办集体厂子好，为国家、为集体、为工人造福，自己也不愁吃，不愁穿的。个人发了大财没有用，只有整个社会富裕了，个人才能得到安稳的幸福，'文化大革命'全国一团糟，家庭也难保。'计利当计天下利，图名当图万世名'这句话很有道理。"这就是农民企业家胡明甫的名利观！

为什么乡政府发给胡明甫的工资只有胡明甫发给工人工资的一半，他还是照样干？为什么胡明甫从父亲平反之日起就开始写入党申请书，至今仍是一个党外布尔什维克？为什么他家里倒屋损失几千元，他倒去捐款修桥，并把剩下的木材献给厂里？这几个问题的答案终于找到了，笔者如释重负。

这时，胡明甫又神秘地说，他正在考虑如何综合利用自然资源、农副产品和消费市场，发展化学工业、生物工程的问题，过几年后，他的工厂不一定还搞汽车配件哩。是啊，城市经济体制改革和农村产业结构的调整，给乡镇企业摆出了新的课题，胡明甫和他的家业，面临着新的考验。他必须及时把握宏观方向，进行横向开发。笔者虽然赞成他的观点，但想到他即将丢下一个红得发紫的企业，又觉得他要经受命运的新的考验。

命运，曾使他同凌辱结下难解之缘，又使他同进取结下不解之缘；命运曾给他豪情的"催化剂"，又给他清心静脑的"万应丹"……

"命运，只不过是旧的社会环境对于人的一种限制。能突破这种限制的人，是勇者，是胜利者。"艾青老人，胡明甫就是您所说的能突破限制的强者吗？

采访即将结束的时候，我不由得定神再看一看眼前这位枨冲小镇上第一个把工人工资提高到"深圳水平"的青年厂长；第一个穿西装、系领带的青年哥哥；第一个湖南科技开发中心的青年成员；第一个创办青年娱乐中心的青年朋友。

他个子不高、体型较瘦，但那似乎要看穿一切的眼睛，那轻捷而不失稳健的步履，却能给人留下深刻的印象。

"假如你跟随你的星宿，你不会达不到光明的归宿。"他有板有眼地朗诵着但丁的名句，像是对笔者，又像是对青山、对大地，对滔滔不息的浏阳河。

从零到一百五十万

>>>

这是一篇写于 1984 年的报告文学，获得了湖南省作协和长沙市文联举办的建国 35 周年改革题材报告文学征文作品奖，反映了在改革开放之初农村乡镇企业家创业之初的艰辛和豪迈。那是一个大潮汹涌的年代，那是一段激情燃烧的岁月。

　　一个十多个工人起家的社办小服装厂，第一年就完成产值三十八万多元，纳税三万多元，上缴利润七千元，被县人民政府评为"社队企业先进单位"；第二年前四个月，又完成产值四十二万元，销售十四万元，根据订货合同和目前产品的走俏情况，预计全年产值可达到一百五十万元，职工人均月工资超过一千元。这就是秀山第二服装厂的经营成果，这是三中全会和十二大以后出现的改革潮流中的一朵浪花，它汇集了厂长陈树希的心血和全厂工人辛勤劳动的汗水。

　　信息就是金钱，质量就是生命。

　　1983 年春节刚过，秀山服装厂采购员陈树希给经委主任屈金龙拜年来了。

　　"是什么风把你吹来的哟？快，请坐。"

　　"就算我是顺风来的吧，不过刮了风总得下点雨才行，我可是来求你给及时雨的哟！"陈树希笑了笑道。

　　"哈哈！你也学会借东风杀曹操了。我早就听说你想和龙会计出去办个新厂子。说实话，我们经委还准备动员你这个诸葛亮出山哩，想不到还没等我们三顾茅庐，你自己就找上门来了。有什么要求？直说吧。"

　　就这样，屈主任和陈树希在火塘旁谈笑之间解决了厂房问题——早已停产的秀山红碎茶厂厂房转交新成立的秀山第二服装厂。

陈树希找到原服装厂会计龙正秋，商量办二厂的事宜，龙正秋说："有厂房，人也容易找，本乡学裁缝的妹子多的是，不过要进行技术考核，择优录取，机子自带。可是，没有资金，怎么办呢？"

"有了！"陈树希兴奋地说："前几天有人要我设法寄销帆布，还有省建六公司要三万双手套。"

两个有联系的商业信息，形成了做手套的最佳决策。

于是，他们张榜招工。十六名农村女青年经过缝纫质量、速度的严格考核，被录取了。至此，秀山第二服装厂（简称：二厂）正式成立。陈树希任厂长，龙正秋任会计，张长保任保管。采购、推销、清洁工和收货搬运工由他们三位管理干部兼任，离厂近一点儿的职工"读跑学"，远一点儿的就睡在附近的汽车代办站。

几天后，陈厂长带着与岳阳建筑公司签订的一千件棉袄合同回厂了。

可是，龙会计焦急地告诉他："手套做完了，棉袄原材料得马上搞回来，但申请银行贷款还得打报告，等审批，搞不好刚办厂就要停工。"

"停工？我们办二厂，不就是为了使闲在屋里的裁缝妹子有事做吗？怎么好让人家刚上班就休假呢？没有钱，我们找亲友借，借到多少算多少。硬是少了钱，分批交货嘛！"陈厂长坚决地回答。

第二天清晨，他俩各揣了两千元现金朝汽车站走去，眼眶里布满了疲倦的血丝，却闪着希望的光泽。

他俩在长沙买了棉花和布，装完车已是晚上十点多钟了。龙会计押货回厂，他这个"财政部长"把二厂当时仅有的两块三毛钱现金全交给了陈厂长，因为陈厂长还要到岳阳去要回一笔预付货款。于是，陈厂长住进了小吴门"桥下旅社"。夜风习习，白霜皑皑，年近半百的陈厂长，就在这大桥下，桥当屋，地当床，度过了一个不眠的寒春之夜。

第二天，朝阳似乎同情这位创业者的艰辛，从云缝里钻出来温暖着他。他挣扎着麻木的四肢终于从地上爬了起来，背靠坚实的桥墩，无声地伫立了许久，许久。他依稀地意识到他的事业与道路之间、他的形象和桥墩之间，似乎有着数理统计学里所讲的可比性和同度量因素。

1983年夏，陈树希到上海出差，省建六公司一位同志托他买一件皮夹克。长沙人到上海买皮夹克，这引起了陈厂长的注意，他经过沿途的观察，发现由于第二代产品的问世，皮夹克销售出现了回升。他买回一

件样式新颖、手感柔软的针泡革夹克。他到长沙各大百货商店看了一下，发现没有这东西，交给主人的时候，它已完成了作为样品的使命——二厂同东塘百货商场签订一万件合同。想不到长沙市皮夹克销售的第三次浪潮，竟是由一个乡村小厂长偶然间掀起的！

回厂后，正值"双抢"。他要找有关人员商量贷款问题，但人家都回家扮禾、插田去了，他只好趁人家中午休息的时候登门拜访，光是离厂几十里远的营业所主任家，他就骑车跑了三次。

天上是炙人的烈日，地下是扑面的嚣尘。汗水湿透了他的全身，流进眼里，眼珠火辣辣地疼。他不顾这一切，踩车疾飞。

"汪，汪，汪。"狗追着单车吠。这几年单车发展虽快，但山冲里的

狗却见得不多，难怪它要大惊小怪了。"这年头新鲜事物多着哩，转眼间田土包了，厂子也包了，就有人说我们出风头、捞油水。我才不管人家怎么说，为"四化"出力，有党中央撑腰……"他想。

也许是蹬得太快太猛了，脚让一块石头划了道寸来长的血口，他痛得直咝咝地吸冷空气。但仍然蹬着车跑。

经过几天的奔忙，终于在乡党委和营业所的支持下解决了资金问题。"双抢"刚过，他就提着一卷人造革、一卷芝麻绒和请来的上海服装厂的师傅回厂了。

在长沙烈士公园举行的秋季日用品看样订货会上，二厂的样品虽然只挂在二尺宽的货架上，却有来自几个省（区）的十几家商店和许多个体户排队同他们订合同。仅长沙市内东塘百货商店、中山路百货商店、湘绣大楼三家就订货五万件。

在这关键时刻，二厂又通过考试招收了 60 名新工人。本省买主的要求总算逐个地满足了，但外省拿去的几十件样品，不得不因无法兑货而按合同奉送。

正在他们生意兴隆的时候，上海、衡阳的皮夹克打入长沙市场，本地产品也相继上市，长沙皮夹克供求量基本饱和。大力服装厂以低于一般出厂价五角的价格第一个减价竞销，二厂就果断地把所剩下的一万多件降价一元，不仅避免了可能出现的积压，而且保持了他们在长沙市场的优势。

哦！怪不得二厂办公室（兼厂长住房和业务接洽处）里贴着"坚持薄利多销的经营思想，是在竞争中保存和发展企业的根本"的标语。我们新时代的企业家就是这样：在经营中学习经营！

1984年5月，四千件派力司男女时装和一万多条涤棉花格裙等产品进入市场，以其新颖的款式、优良的质量、低廉的价格吸引着广大城乡消费者。工人们虽然加班加点，但产品还是供不应求。在这种情况下，厂部决定再招30人。5月13日，来自本地和长沙县的一百多名女青年参加了"两小时缝一件派力司女衫"的招工考试。厂长和技术能手们现场监考、阅"卷"。结果，26名长沙妹子和4名秀山妹子被择优录用，但陈厂长岳母大人的宝贝孙女却榜上无名……

二厂的工人进厂要进行严格考核，进厂后对其品质量也要通过严格检验。他们实行计件工资制，产品由保管员点数、验收，次品一律返工；对于次品率高，又无改进者，坚决辞退。某村支书的"千金"就是因此而出厂的。

这样的招工办法，这样的检验制度，既意味着厂长要受到某些人的冷遇，也预示着产品将受到更多消费者的欢迎，工厂将日益兴旺发达。

设备更新×技术改造=产业前景。为提高劳动生产率，二厂狠抓了设备和技术这两个关键。

今年以来，二厂添置了发电机、电熨斗、电剪、电动锁眼机，还准备动员职工入股购置四十部电动缝纫机。

二厂还先后从上海服装厂，长沙九龙、英姿服装厂请了三位精通技术的师傅来设计样品、检查质量。根据目前市场预测和分析，设计或仿制了皮夹克、摩托服、太空服、花格短裙、派力司男女时装、配套晴棉棉袄、男女呢制服等十多种样品，并且带出了一批徒弟。今后，他们还

获 奖 证 书

在为庆祝中华人民共和国成立三十五周年举行的改革题材报告文学征文活动中，鄺耀频同志积极深入生活，认真写作。作品《从零到一百五十万》荣获作品奖。特发此证，以资鼓励。

中国作家协会湖南分会
长沙市文学艺术界联合会
一九八五年二月

准备选派技术能手和有培养前途的新工人到外地服装厂参观、学习。

另外，为了及时购进原材料和送出产品，他们准备购买一辆汽车，并派一名高中毕业生到省交通技工学校学习，学费 1800 元，拿不回执照就要本人自己出。

买进来，卖出去；请进来，派出去。二厂的设备和技术就是这样辩证地循环着，通过这种循环，他们在竞争中冲出来一条"从 0 到 150 万"的宽阔大道。谁能否定，这样的良性循环，会把二厂推上一条从无到有到更加辉煌的金光大道呢？

人们都说陈树希是"两耳不闻窗外事，一心只搞气（企）管炎（严）"的人。是的，对有些无关业务的社交活动，他是不怎么感兴趣，但有些与厂里直接相关的区区窗外事，他又不得不有所闻，有所动。

品种多了，职工多了，要添置裁片案板，得搞一点木材指标，至今踏破铁鞋无觅处；为了直接、广泛地听取消费者和售货单位的意见，二厂准备在长沙设立产品门市部兼业务接洽处。虽在反帝路物色好地方，并与卖主讲好了价钱，但当地房管部门就是不肯签买房合同；为了经营上的方便，得把账户从乡信用社转到银行营业所，但有关人员还没有点头；已下马的红碎茶厂，其债权、债务早已收回乡经委。社港还款3000元，经委借给二厂，可是年终结算后，原茶厂负责人王某竟带着六个人找陈厂长分红，三次兵临斗室，要不是乡政府支持陈厂长理直气壮地把他们顶回去，他们差点搂走了厂长的被子；春节后二厂放假15天，竟有人说他们被迫下马了，说什么剥削了农村廉价劳动力，有资本家之嫌。殊不知1983年职工月平均工资八十多元，厂长也只有一百多。他们的大部分盈利都上缴了国家，留作了企业扩大再生产资金！

"走自己的路，让人们去说吧！"我这个蹩脚的"业余记者"听完陈厂长的介绍，居然把但丁的名言端端正正地写在了厂长的日记本上。

是呀，他走的是一条改革的路、创业的路。为他这个时代潮流中的弄潮儿喝彩的大有人在，诅咒他"兴风作浪"的也确有其人。改革的潮流，势必要打破死水角落里的平静！潮流毕竟是潮流，历史上不是有过反潮流的"猛士"吗？他们的下场是值得当今的左视眼们借鉴的。

第三辑

小说篇

XIAO SHUO PIAN

码头市长

>>>

这是一篇以浏阳花木产业起步阶段领军人物为素材的小纪实小说，发表在 1986 年 5 月 31 日《中国乡镇企业报》的《芳草》专版上，浏阳的乡镇企业在改革开放之初就能异军突起，这些胆大心细的领军人物确实起了很大的带头作用。

码头市，在地图上找不到。它在浏阳河的第七道湾上，青石板的码头连一段麻石街，也就百十户人家。这一带人们把行业、人口比较集中的地方称作市，所以就连码头也成了"市"。

码头市"市民"多姓万，传说祖上是个乡宦，归隐之后学陶渊明的模样，请人在庄园里种了不少花，成为"万家花园"。到了近代，码头市花木场便有了点儿小名气。最近几年衍变成花木公司，但并不是十分红火。除了那棵古樟树正在悄悄地超越市中心的万花楼以外，并非嗜古成癖的市民们还都凭着秦砖汉瓦们遮风挡雨。新的气象不能说一点儿也没有，在那刻着"古麓尽奇观 看月落银潭金飘丹桂；平川罗异象 有烟横渡口翠满朱楼"对联的石柱旁，黄支书婆娘和周家四妹子相对开了两个代销店，一边百货，一边副食，构成了码头市的全部商业和信息中心。乡邮员把这两个代销店当作了码头市的邮政总局。

今天的这封信是挂号信，两家邮局都不好处理了，信封更是罕见：长长的，天蓝色的，上面一行洋文不说，方块字又全是繁体："湖南省浏阳河西岸码头市市长先生勋启"哎哟！谁是市长？啥叫勋启？多少见过点世面的支书婆娘和读过中学的周四妹子都摸不着头脑。

正巧万家猛伢子来找周家四妹子学打包花生的菱角包，他抢过信看了一遍，蛮有把握地说："这浏阳河南岸，码头不少，但码头市却就我们这里一个，这信硬是没寄错地方，市长嘛，大家都不当我可以试试，反正一不要选举，二不拿薪水。"正在众人莫名其妙之际，乡邮员的签收薄上落下了"万大猛"的大名。

"哟，市长，好大个脸面，也不去看看你家的祖坟冒不冒热气"。周四妹子着实喜欢猛伢子的胆气，故意笑他。

"我当市长，你做市长夫人啊？"猛伢子早就有意投石问路，这回干脆顺手牵羊。

市长先生：

您好！本人自幼随家父在南洋经营园艺，先严在世之时常说贵市花木品种繁多，技艺精湛……

S市开发区园林绿化总公司

总经理朱健哉　顿首

猛伢仔读罢来信，细细想了一夜，第二天说话的语气都不一样，不再是奶声奶气了。他向爸爸要钱，说是要去看看在S市当兵的弟弟。

老爸早就想小儿子了，"要得，莫待久哒，带点钱去，看见弟弟缺什么就给他买。但不要花太多的钱，家里明年要起楼房哩，省着点"。万爹高兴地说。

猛伢子拿着钱并没有立即到S市去，而是先到了"区公所"。区委书

记正在和区长商量工作，猛伢子闯进办公室后，市长勋启的挂号信立马成了中心话题，猛伢子俨然以市长的口气发表了施政纲领。区委书记给猛伢子倒水，听得津津有味。

码头市花木公司的招牌挂在了"区公所"门前，区委书记任命"码头市长"万大猛为总经理。万大猛除抽空去看了一次当兵的弟弟，平时也很少在家，总是在外面忙，经常看到有"乌龟壳"车子把他接进送出，后来干脆自己开上了，一身笔挺西装，俨然像个市长。他让乡亲们按要求培植花木，修剪得整整齐齐，说什么"统一标准"。说来也巧，他带来的客商总是出得个好价钱。乡邮员是送来"市长委任状"的钦差大臣，如今被"市长"聘为了信息员，每天将报刊上的花木技术和信息资料收集整理给他，至于报酬嘛，那就保密了。最近，市长开着"乌龟壳"去S市见朱总经理了，黄支书说是去考试，周四妹子说是去考察，"码头市"

的大多数"市民"都认为支书的说法是对的。万大猛"市长"不在家里的时候，区委书记又接待过两次坐"乌龟壳"的客人，几个戴眼镜的青年男女拿着几件稀奇玩意在码头市鼓捣了几天。随后周四妹子代"万市长"发布新闻公报，码头市花木公司和S市园林公司共同出资修建码头市连接国道的水泥马路，测量的专家都来过了，

上了国道可只要20分钟就到省城哟！天啊，"码头市"要成为真正的街头市面了！谁说猛伢子当不得真正的市长呢？

玉猴

>>>

玉器是很好的形意复合体，一块好的玉石即使不作任何雕琢，其温润的光华，其厚重的质感，目睹手执之间也给人以美的享受。从某种程度上说，玉器既是传统文化的重要载体，又是中华民族精神风貌的真实写照，其中蕴含着厚重的人文内涵。和田玉之所以几千年来始终受到中国人的热爱，很大程度上是因为它温润内敛、含蓄坚韧的优秀品质准确地契合了中华民族传统价值观念中温良坚忍、谦和包容的高贵气质。玉文化是国人品格基因中的重要元素。

　　古玉就更加神奇厚重了，包浆浑厚、沁色斑斓，不同时期造型、寓意和雕工各有特色。人们于把玩中领略历史人文的厚重与沧桑，也感悟着人情世事的际遇与机缘；玉也在人的把玩中吸取精华，磨砺光彩。玉因人而美，人因玉而慧，人玉合一，相得益彰。古往今来，人们演绎了多少采玉、夺玉、斗玉、琢玉和玩玉的奇闻韵事。

　　光说这沁色，一块古玉，无论是传世的还是出土的，经过岁月的抚摸和水土的侵蚀，必然会留下种种色质的印记。色即沁色，质即玉质。玉石具有吸收和排解其他物质的特性。玉器埋入土中之后，经历坑土环境的风化，其体内原有的物质会产生一些变化，同时也会将邻近的物质吸入玉体内，产生置换，析出者为灰皮白霜、浸入者为沁色。比如葬玉，由于土壤中各种酸、碱成分对其发生作用，加上墓葬中的水银、石灰、朱砂、金属器具、棺椁中的树脂、油漆及其他各种有色物质等，千百年不断浸淫，使玉质发生渐变，出土古玉大多会沾染上各种颜色，这就是玉的沁色。古玉出土之后，经过人体的摩挲、把玩，其体内的物质成分由于受到人气的涵养，玉性又会慢慢复苏，从而使古玉原先的沁色发生奇妙的变化，呈现出丰富的色彩，产生后天的盘变。

三江省 S 市委原副书记刘篁浦从领导岗位上退下来以后，一直在古玩市场上寻玉赏玉，偶尔也捡漏买玉。他把玩玉作为继书法之后的退休生活中的又一重要组成部分，这不，他刚从天工古玩市场上以白菜价淘得一座和田青白玉笔山。这是一方上好的千年古玉，有 15 厘米长，3 厘米高，2 厘米厚，重约二百克，雕有五只猴子和两个寿桃，猴子三只朝右，两只朝左。笔山玉质温润，包浆浑厚自然，老书记爱不释手，既把它作为捏拿按摩的健身砭石，也常于玉友面前展示交流，引得同是古玉

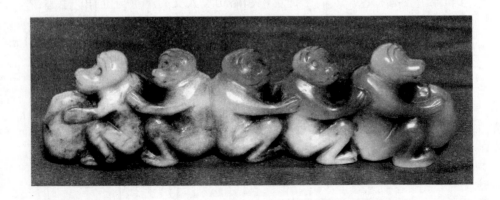

爱好者的罗恪知老副市长好生眼热。

"应该是块千年古玉，出土百年以上且经人长期把玩，通体泛着和田玉特有的油脂光泽，在柔和的阳光下煞是养眼，特别是在地下空间久经浸润而形成的沁色层次分明，自左向右分布，左下方是一层黄色的土沁，显得有些浑浊，自左上方向右下方呈现行话中称为"藕尖白"的泥水沁，右上方是晶莹剔透的青白玉原色。"

"总体上看有天地人三才之像，也可引出桃园三结义、三世公候、五子登科、玉猴献寿之类的吉祥寓意。细看这自右至左的五只猴子，第一只基本保持了青白玉的本色，第二只下部有一点儿水沁的藕白色，第三只仍以本色为主，中下部水沁白和土沁黄的浑浊色调较多，第四只和第五只本色渐次式微，深浊的沁色占了上风。"

罗恪知取下老花镜，又拿出怀中的放大镜，仔细端详着笔山，比较专业地品评着老搭档的宝贝。

罗老市长是刘篁浦任山明县委书记时的老搭档，退休后又住在一个大院的同一小区，也是老书记玩玉赏玉的引路人。当年在山明，他经常奉书记之命到北京"跑部钱进"，也带队到一些中心城市招商引资。那时交通没有现在这么方便，有时办事找了甲处长还要找乙司长，甚至还要找丙部长，谈了这个董事长还要谈那个总经理。遇上有的领导和老板外出开会或者出差，他就只好在酒店休息等候两三天，于是这两三天便成了他难得的业余时间。恰好他又是"文革"前师范大学历史系毕业的，这样一来逛古玩市场，偶尔捡点漏什么的，成了他的赏心乐事。当年北京的潘家园、上海的城隍庙、南京的夫子庙可还真有点宝贝，因此罗副市长也有些拿得出手的藏品。

这一天，几个老领导在机关大院的厅干小区，就着冬日暖阳，坐在假山旁的木椅上品茶闲聊，谈起古玩市场的捡漏奇闻。罗副市长又要刘副书记掏出随身携带的玉猴笔山，给早些年从市委副书记、市长位置上调到省水利厅任厅长，退下来又把关系转回市里的李厅长欣赏欣赏"老伙计，掌掌眼吧！"

"谈玉器，我可不敢班门弄斧，莫说古玉，就是新玉，它认识我，我还不认识它呢，不过我看这五只猴子，怎么越看越像你们当年在山明县培养出来的五员大将当下的境遇哦！"

"你们看吧，从右至左，这第一个，像张卫东，清清白白，从山明一路走来站得稳，行得正，虽然前些年没有跟风去抱 X 书记的大腿，与 H 市委书记的交椅失之交臂，但仍在市长位置上踏踏实实地干，这不，X 书记下台了，通过他的大秘买到'乌纱帽'的金书记也进去了，他接着书记干得有声有色，过两年换届，上副省级是很有希望的。"

"第二个像王向红，工作能力和学识水平都相当不错，不管是在山明市委副书记还是在市交通局长的位置上都干得相当不错，经常在中央一级的机关简报和学术期刊上发表一些经验材料和论文，还受到过党和国家领导人的肯定，前些年坊间虽小有微词，但总体上还是功大于过，有所作为。"

"第三个像刘爱民，从山明到市里，工作实绩也还不错，虽然前些年随波逐流，攀附钻营，在 Y 书记操纵的权力围标中连连得手，位居主要经济部门主职，生活上也不太检点，有些污点，但在党的十八大以后断然收手，洗心革面，虽然仕途止步，但也还能保全待遇，安全着陆了。"

"第四个像李一兵，在山明当副县长时有你们盯着还算规矩，也做了一些实事，到市里任局长后放纵妻儿插手项目，牟取私利，东窗事发后知罪悔罪，一家老小主动投案，获得了宽大处理，虽然丢官破财，但总算免了牢狱之灾。

"这第五个像贺光荣，自攀上省里的高枝后就人模狗样，贪财好色，弄权作秀，人家说他是'后台找得准，送礼舍得本，做事不上紧，群众要他滚'。可他偏偏认为有人罩着便有恃无恐，十八大后还变本加厉，好像官不弄到省部，钱不捞过亿元不肯罢休，被查后还对抗组织、转移赃物、与行贿人员订立攻守同盟。这不，虽然上去了，但也进去了，只怕回不去了，被判了个 20 年，能活着出来时也到七十多岁了……"

"啊，从'猴一'的至清至明到'猴二'的清多浊少，再到'猴三'的清浊对开，然后是'猴四'的清少浊多，最后是'猴五'的至浊不清，老市长火眼金睛，从这五只猴子身上解读出了一部现实版的《官场现形记》！"刘篁浦和罗恪知争相称赞着老市长。

"人说守身如玉，殊不知玉在复杂浑浊的地下环境中尚且受到各种物质的侵蚀渗透，虽然质地坚韧，密度大，能够保持本来的形状，但那从那些肉眼几乎看不到的裂缝处也难免沁上一些不同的颜色。物尚如斯，而况人乎？要不是中央坚决地反腐治贪，拨乱反正，再让那些老虎横行，苍蝇乱飞，我们党的执政地位都很危险，我们这些人的退休工资都难以为继呢！"三人对坐，六眼来回，就着清茶，扯开了"五员大将"的往日今朝和当年山明的那些事儿。

第四辑

诗歌篇

SHI GE PIAN

哦，七中的樟树林

>>>

在你的树荫里

闪现过毛泽东匆匆的身影

在你的虬根旁

留下了夏明翰深深的脚印

宋任穷、陈章甫

曾在你的怀抱中呐喊

彭士量、潘玉昆

曾在你的落叶上狂奔

你也曾见证过

我们那躁动的青春

改革开放大潮初起

我们的梦想应运而生

恢复高考择优录取

我们从这改变命运

"弘毅精诚"的金江校训

是此生搏击的不竭潜能

鼓舞我们商场征战

支撑我们宦海浮沉

"精进有为"的七中精神

如喷薄而出的旭日一轮

指引我们学海扬帆

激励我们沙场驰骋

哦，七中的樟树林

你陪我们走过了四十个冬春

如今我们已两鬓霜白

而你的风采还那样的迷人

你用永恒的碧绿

与那乳白的温柔接吻

还是那样的执着

那样的痴情

你的繁根向大地舒展

枝杆向蓝天延伸

还是那样的坚毅

那样的深沉

你在阳光下挥动双手，

为我们拂去烦恼的心尘

你在微风中切切细语

赞叹我们奋斗的人生

哦，七中的樟树林

你守候着我们心灵的故园

哦，七中的樟树林

你珍藏着我们青春的剪影

附记：我的母校浏阳七中

　　我的母校浏阳七中的前身是金江书院，现在已改为浏阳市青少年素质教育基地。这里有一片古老的樟树林，集中了树龄在 300 至 600 年的古樟 50 多棵，这一片樟树林隐藏着许多珍贵的历史记忆……

　　金江书院始建于清同治十一年，由浏阳西乡汤、陈、邱、娄四姓乡绅为首捐资兴建，是当时浏阳八大书院之一。1898 年"戊戌变法"废除科举取士制度时，改为"金江两等小学堂"，1914 年改为金江中学。校门对联是"大事自学习时做起，成功从奋斗中得来。"

金江书院是浏阳新文化运动的中心和发源地。1920 年冬至 1921 年，新民学会骨干陈章甫和夏明翰、陈作新受毛泽东和中共湖南支部指派到金江学校与进步校长黄谱笙创办浏西文化书社，积极翻印和推销《向导》《中国青年》等刊物，宣扬新道德，传播马列主义。他们这里，成立了中共浏阳县第一个党支部——金江学校特别支部。期间，毛泽东曾经到金江书院指导革命活动并送梨木印板一套。

1922 年至 1925 年，宋任穷和彭士量、潘玉昆等浏西进步青年在金江高小接受了革命的启蒙教育，受到了进步思想的熏陶，为他们后来分别走上革命道路、成为抗日名将打下了坚实的文化基础。宋任穷在《回忆录》中深情地回忆了那一段既有意义又富热情的学生生活，并称这里是"革命的摇篮"。

新中国成立以后，金江中学改为浏阳七中，为国家建设培养了一大批优秀人才。"文革"中，七中教学秩序遭受严重破坏。改革开放和恢复高考以后浏阳七中迅速恢复生机，以其深厚的历史底蕴和优异的教学业绩享誉湘东。

21 世纪初，这里改为浏阳市青少年素质教育基地，仍然坚持以革命传统教育为引领的办学精神，成为在全国有一定影响的青少年素质教育基地。

往事如烟

——写在浏阳七中 78 届同学毕业 40 年聚会之际

>>>

都说往事如烟，

烟嘛，飘一飘也就会散。

可是这股烟，

在我们的眼前，

飘来飘去，

飘了整整四十年！

透过这股烟，

我们依稀记得，

那球场上的矫健，

透过这股烟，

我们依然看到，

那舞台上的红嫣！

透过这股烟，

我们依然想起，

那教室里的求知若渴，

●○　1978年浏阳七中高中毕业留影

●○　毕业七年之后回校参加校友会

透过这股烟，

我们依稀记得，

那食堂里的狼吞虎咽。

这股烟，牵动着纯洁的情谊，

这股烟，缭绕着永恒的思念！

这股烟从青春年少中飘来，

飘过奋斗的历程，

这股烟从两小无猜中飘来，

飘出美满的姻缘！

这股烟，飘起丰收的喜悦，

这股烟，飘动回味的甘甜

……

这股烟还在飘啊飘，

飘向那美好的明天！

七律·庚子春吟

大疫横行起势凶，枕戈难得觅春踪。

飞驰险境仁心烫，鏖战方舱党帜红。

举国同筹驱疬孽，全民共赴灭妖蛩。

丹青不吝描英杰，笔蘸生灵墨更浓。

在这里，
　　有一条河在静静地流
>>>

在这里，有一条河在静静地流

在这里，有一首歌在轻轻地唱

在这里，我们刚离开妈妈温暖的怀抱

又爬上爸爸宽阔的臂膀

在这里，哥哥扶我迈开第一个步伐

姐姐教我喊出第一声"娘"

在这里，我们沉迷过爷爷火炉旁的故事

我们享受着奶奶蒲扇下的清凉

在这里，蒙师教我写第一个字

在这里，朋友领我第一次上网

这里，是我们长大的地方

这里，也是长辈变老的地方

这里，是我们经常离别的地方

也是我们经常回来的地方

小时候，跟大人唱

豆豉醇，花炮响

一双姐妹走四方

稍大点，听大人讲

咱浏阳有四个"乡"

北乡出布贩

贩子来自蕉溪岭、赤马殿、北盛仓

东乡出木炭

炭棚搭在天涯寨、大光洞、张家坊

西乡出小旦

小旦家在青龙头、石灰嘴、七间塘

南乡有煤炭

矿井就在太平塅、张家冲、六栋堂

长大了，我们离开了这里

来到了不同的城市

进入了各自的职场

我们的眼前，依然翻起捞刀河金黄的波浪

我们的耳畔，依然响着石霜寺悠长的钟响

我们的味蕾上，依然残留着大围山甜蜜的果浆

我们的心底里，依然泛起花木带丹桂的清香

当我们看到庆泰、明义、银达利

频频在国内外重大庆典上燃放

当我们听到蓝思、泰尔和可邦，还有盐津、一朵、尔康

一步步占领着国内外市场

当我们在媒体上看到家乡频传的捷报

当我们在江南塞北，都闻到浏阳蒸菜的芬芳

我们的脑海里，这条河还在静静地流

流呀流，流向洞庭长江

我们的心底里，这支歌还在轻轻地唱

唱呀唱，唱彻五洲四洋

血沃中原肥劲草，
寒凝大地发春华。

作为土生土长的浏阳伢仔，
我在浏阳工作了 27 年，
离开已 10 年之久，
但总是忘不了故乡的明月。